جہاں لکشمی قید ہے

(ہندی کہانیوں کا انتخاب)

بھیشم ساہنی

© Taemeer Publications LLC
Jahan Laxmi qaid hai *(Short Stories Collection)*
by: Bhisham Sahini
Edition: November '2024
Publisher :
Taemeer Publications LLC (Michigan, USA / Hyderabad, India)

ISBN 978-93-5872-183-6

کتاب	:	**جہاں لکشمی قید ہے** (کہانیاں)
مرتب	:	**بھیشم ساہنی**
صنف	:	فکشن
ناشر	:	تعمیر پبلی کیشنز (حیدرآباد، انڈیا)
سالِ اشاعت	:	۲۰۲۴ء
صفحات	:	۱۲۶
سرورق ڈیزائن	:	تعمیر ویب ڈیزائن

فہرست

دیباچہ

ہر زمانے کے ادب پر اس کے معاشرے کا رنگ رہتا ہے، اس میں ہم زندگی کی ایک خاص دھڑکن محسوس کر پاتے ہیں۔ یہ صحیح ہے کہ ادب کا ذائقہ ہم زبانوں کی بنیاد پر نہیں لیتے، ایسا ہوتا تو ہم صرف اپنے ہی زمانے میں لکھی کہانیاں پڑھتے (حالاں کہ اکثر ایسا بھی ہوتا ہے کہ معمر قارئین کو نوجوان ادیبوں کی چیزیں پسند نہیں آتیں، وہ اس ادب سے جس سے وہ اپنی نوجوانی میں متاثر ہوئے تھے، اتنے عادی ہو چکے ہوتے ہیں کہ انھیں بعد کا لکھنا پسند نہیں آتا۔ وہ اُن قدروں اور شناخت کے اس چوکھٹے میں صحیح نہیں بیٹھتی جان پڑتی، جس چوکھٹے کے وہ عادی ہو چکے ہیں۔ لیکن یہ بات دوسری ہے۔) ان تفاریق کے ہوتے ہوئے بھی ایک زمانے کا ادب دوسرے زمانے کے ادب سے الگ نہیں ہو جاتا، ان کے اندر پایا جانے والا گہرا انسانی درد انھیں دوسرے سے جوڑے رہتا ہے۔ یہ انسانیت ہی ادب کو لافانی بناتی ہے۔ صدیوں بیت جانے پر بھی اُسے پُرانا نہیں پڑنے دیتی۔ یہ انسانیت ادب کو گزرا ہوا وقت بھی بناتی ہے اور وقت کے مطابق بھی۔ جو ادب اپنے زمانے میں سنگت ہوتا ہے وہ اسی انسانیت کی بنا پر، بعد میں بھی معنی خیزی لیے رہتا ہے۔ لیکن جہاں ادب میں انسانیت کے سوتے سوکھنے لگیں وہاں وہ اپنے زمانے میں ہی غیر متعلق پڑنے لگتا ہے۔ بعد کا تو کہنا ہی کیا۔

ہم یہ تو نہیں کہہ سکتے کہ ۱۹۴۷ کے بعد ہندی کہانی نے نیا رُخ اپنایا۔ ادب میں ایسی لکیریں تو نہیں کھینچی جا سکتیں۔ لیکن اتنا ضرور کہہ سکتے ہیں کہ جہاں پہلے کے رجحانات کا اصرار رفتہ رفتہ سرد پڑتا گیا، وہاں نئے نئے رجحانات سامنے آنے لگے اور رفتہ رفتہ کہانی اپنے ارتقار کے عمل میں نئی زمین توڑنے لگی اور اس کے ساتھ نئے نئے پھیلاؤ جڑنے لگے۔

اس میں شک نہیں کہ ناصحانہ اصرار کم ہوتا گیا۔ یہ پہلے سے ہی کم ہونے لگا تھا، لیکن اب یہ تکلیف دہ تھا۔ کہانی اس لیے لکھی جائے کہ کسی اخلاقی نتیجے کا صرف نمائشی بن کر رہ جائے، کہانی کا یہ تصور یقیناً پیچھے چھوٹ گیا لیکن اس کا یہ مطلب نہیں کہ ہندی کہانی مقصدیت یا اخلاقی قدروں کو ترک کرنے لگی تھی۔ ایسا نہیں تھا۔ بلکہ مقصدیت کا اصرار برابر بنا رہا، لیکن اب وہ کہانی میں کھپ کر سامنے آنے لگا۔ اسے کسی چوکھٹے میں فِٹ بیٹھانے کی کوشش غلط جان پڑنے لگی تھی۔ کہانی کا پہلا چوکھٹا ٹوٹنے لگا تھا۔ اخلاقی وعظ کے ساتھ، زندگی کی آسانی کی جو عادت پائی جاتی ہے کالے اور سفید رنگوں میں دیکھنے کا رجحان، اس میں سے یقیناً ہی کہانی باہر نکلنے لگی تھی۔ اب سیدھا زندگی سے بات کرنے کی، اُس کی پیچیدگیوں کو دیکھ پانے کی، اُس میں اور گہرا ڈوبنے کی، اپنے کو تعصب سے نجات پانے کی عادت بڑھنے لگی تھی۔ رفتہ رفتہ 'اخلاقی نتیجہ' کہانی میں نہیں رہ گئے، 'انسانی صورتِ حال' کے مرکز میں آنے لگی تھی۔ اس سے یقیناً کہانی میں پھیلاؤ آیا اور اس میں زیادہ فنکاری بھی آنے لگی۔ انسانی رشتوں میں پائی جانے والی بے محلی، بدلتے معاشرے سے پیدا ہونے والی الجھنیں، کرداروں کے باطن میں اٹھنے والے تناؤ، نئے نئے دباؤ اور نئے نئے مسائل کہانیوں کے لیے پلاٹ جٹانے لگے۔ کہانیاں زیادہ مستند اور جاندار ہو کر سامنے آنے لگیں۔

یہ صحیح ہے کہ ہمارے یہاں آدرشوادی نظریے کا اصرار روایتی ہے۔ اس سے ادب میں انسانی قدروں کا نقصان تو نہیں ہوا لیکن زندگی کی صداقت پر ہماری گرفت بہت مضبوط نہیں ہو سکی۔ لیکن اب یقیناً لکھنے والے کی نگاہ پر غیر مجسم آدرشوں یا نظریے سے تھوڑا ہٹ کر زندگی کی حقیقت کی طرف زیادہ مائل ہونے لگا۔

ہندی کہانی میں ایک اور طرح کی رنگارنگی بھی آئی۔ ہندی جاننے والا صوبہ بہت بڑا ہے، اس میں سات صوبے آتے ہیں، اور ہندی میں لکھنے والے تو تقریباً سبھی صوبوں میں پائے جاتے ہیں —— اور یہ بھی ایک دلچسپ سچائی ہے کہ ہندی ادب کی خدمت غیر ہندی زبان کے لوگوں نے جتنی کی ہے، اتنی شاید ہندی زبان کے لکھنے والوں نے نہیں کی۔ اب راجستھان میں لکھی جا رہی ہندی کہانی اور بہار میں لکھی جا رہی

ہندی کہانی ہیں، زبان کے رہتے ہوئے بھی، دونوں کا اپنا اپنا رنگ ہوگا۔ ایک کی زبان میں راجستھانی کا پُٹ ہوگا تو دوسری میں بھوجپوری کا۔ محاورے، روایتیں، مزاح، رسم و رواج وغیرہ وغیرہ۔ اس طرح ہندی کہانی کی رنگارنگی بڑھی ہے، اور زبان مالامال ہوئی ہے۔ ہمارے یہاں کہا جاتا ہے کہ ہندی کہانی میں ہر دس سال بعد نسل بدل جاتی ہے اور ہر دس سال بعد ہی ایک نئی تحریک بھی کہانی کے میدان میں لہریں مارنے لگتی ہے اور یہ خاصیت صرف ہندی کہانی کی ہی ہے — کہانی کا منچ آج تینوں نسلوں کے لکھنے والوں سے کھچا کھچ بھرا ہے۔ متعدد لکھنے والوں کے بارے میں تو اُن کی نسل تک طے کر پانا مشکل ہو رہا ہے۔ لیکن اُن کے تعاون سے کہانی متمول ہوئی ہے۔ میسرز زرما کانت، شیکھر جوشی، سے را۔ یاتری، رِوِندر کالیا، مدرا راکشس، مہیپ سنگھ، ہمانشو جوشی، گنگا پرساد وِمل، کامنا ناتھ، جگدمبا پرساد گپت، رام داس دِکشت، رمیش بخشی، دھرمیندر گپت، رمیش اپادھیائے، مدھوکر سنگھ، یوگیش گپت، ستیش جمالی، ستین کمار، بلرام، دھریندر استھانا، رمیش بترا، اسرائیل، وغیرہ وغیرہ کوئی کتنے نام گنائے۔

ہندی کہانی نے اپنے ارتقائی سفر میں متعدد پڑاؤ پھاندے ہیں۔ ایک طرف وہ ہندوستانی ادب کی انسانیت پسندی کی روایت سے جڑی رہی ہے، دوسری طرف وہ آج کی زندگی سے ملاقات کرتی ہوئی موجودہ جذباتی موضوع کو جذب کرتی رہی ہے۔ سب سے بڑی بات کہ وہ زندگی میں گہرائی سے جڑتی چلی گئی ہے۔ بھلے ہی موضوع کی نگاہ سے اس میں زیادہ وسعت نہ آئی ہو لیکن اس میں یقیناً گہرائی آئی ہے۔ ہندی ادب کی یہ ابھی بھی سب سے زیادہ مقبول صنف ہے، شاید اسی لیے مختلف زاویوں سے، مختلف رجحانات سے متاثر ادیبوں نے اس صنف کو اپنایا ہے۔ بھلے ہی یہ کبھی ایک طرف تو کبھی دوسری طرف کو جھکتی رہی ہے، اپنا توازن کھوتی رہی ہے، لیکن اس سب کے رہتے، اس نے زندگی کا دامن نہیں چھوڑا، اسی وجہ سے آج بھی اس کی سرگرمی اور اثرات بنے ہوئے ہیں اور یقیناً مستقبل میں بھی اس کے ہاتھوں ہمارے ملک کا ادب مالا مال ہوتا رہے گا۔

بھیشم ساہنی

راجندر یادو

جہاں لکشمی قید ہے

ذرا ٹھہریے، یہ کہانی وشنو کی پتنی لکشمی کے بارے میں نہیں، لکشمی نام کی ایک ایسی لڑکی کے بارے میں ہے جو اپنی قید سے چھوٹنا چاہتی ہے۔ ان دو ناموں میں وہم ہونا فطری ہے، جیسا کہ کچھ لمحوں کے لیے گووند کو ہو گیا تھا۔

ایک دم گھبرا کر جب گووند کی آنکھیں کھلیں تو وہ پسینے سے تر تھا اور اس کا دل تیز زور سے دھڑک رہا تھا کہ اسے لگا، کہیں اچانک اس کا دھڑکنا بند نہ ہو جائے۔ اندھیرے میں اس نے پانچ چھ بار پلکیں جھپکیں۔ پہلی بار تو اس کی سمجھ میں ہی نہ آیا کہ وہ کہاں ہے، کیسا ہے، ایک دم سمت اور مقام کے بارے میں وہ بھول گیا۔ جب پاس کے ہال کی گھڑی نے ایک گھنٹہ بجایا، تو اس کی سمجھ میں ہی نہ آیا کہ وہ گھڑی کہاں ہے، وہ خود کہاں ہے اور گھنٹہ کہاں بج رہا ہے۔ پھر دھیرے دھیرے اسے دھیان آیا اس نے زور سے اپنے گلے کا پسینہ پونچھا اور اسے لگا، اس کے دماغ میں پھر وہی کھٹ کھٹ گونج اٹھی ہے، جو ابھی گونج رہی تھی....

پتہ نہیں، خواب میں یا سچ مچ ہی، اچانک گووند کو ایسا لگا کہ جیسے کسی نے کواڑ پر تین چار بار کھٹ کھٹ کی ہو اور بہت گڑگڑا کر کہا ہو، 'مجھے نکالو، مجھے نکالو،' اور وہ آواز کچھ ایسے پُراسرار ڈھنگ سے آ کر اس کی چیتنا کو ضرب لگانے لگی کہ وہ بوکھلا کر جاگ اٹھا۔ واقعی وہ کسی کی آواز ہی تھی یا محض اس کا وہم۔

پھر اسے دھیرے دھیرے یاد آیا کہ یہ وہم ہی تھا اور وہ لکشمی کے بارے میں سوچتا ہوا ایسا مسحور ہوا کہ وہ خواب میں بھی چھائی رہی۔ لیکن واقعی یہ آواز کیسی عجیب تھی، کیسی صاف تھی۔ اس نے کئی بار سنا تھا کہ فلاں عورت یا مرد سے خواب میں آکر کوئی کہتا تھا، 'مجھے نکالو، مجھے نکالو۔' پھر وہ دھیرے دھیرے مقام کی بات بھی بتانے لگتا تھا، اور وہاں کھدوانے پر گڑا ہے یا ہانڈی میں بھرے بھرے سونے چاندی کے سکّے یا مایا اسے ملی اور وہ دیکھتے دیکھتے مالامال ہوگیا۔ کبھی کبھی ایسا بھی ہوا کہ کسی مستحق آدمی نے اس مادّہ کو نکلوانا چاہا تو اس میں کوڑیاں اور کوئلے نکلے، یا پھر اس کے کوڑھ پھوٹ آیا، یا گھر میں کوئی موت ہوگئی۔ کہیں اسی طرح زمین کے نیچے سے اُسے کوئی لکشمی تو نہیں پکار رہی ہے؟ اور وہ کافی دیر تک سوچتا رہا، اس کے دماغ میں پھر لکشمی کا قصّہ آشکار ہونے لگا۔ وہ بے حس سا پڑا رہا....

دور کہیں دوسرے گھڑیال نے پھر وہی ایک گھنٹہ بجایا۔

گووند سے اب نہیں رہا گیا۔ لحاف کو چاروں طرف سے بند رکھے ہوئے ہی بڑے سنبھال کر اس نے کہنی تک ہاتھ نکالا، لیٹے ہی لیٹے الماری کے خانے سے کتابوں کی بغل سے اس نے ادھ جلی موم بتی نکالی، وہیں کہیں سے ڈھونڈ کر دیاسلائی نکالی اور آدھا اُٹھ کر، تاکہ جاڑے میں دوسرا ہاتھ پورا نہ نکالنا پڑے، اس نے دو تین بار گھس کر دیاسلائی جلائی، موم بتی روشن کی اور پگھلے موم کی بوند ٹپکا کر اُسے دوات کے ڈھکن کے اوپر جما دیا۔ دھیرے دھیرے ہلتے روشنی میں اس نے دیکھ لیا کہ پورے کواڑ بند ہیں، اور دروازے کے سامنے والی دیوار میں بنے، جالی لگے روشن دان کے اوپر، دوسری منزل سے ہلکی ہلکی جو روشنی آتی ہے، وہ بھی بجھ چکی ہے، سب کچھ کتنا شانت ہو چکا ہے۔ بجلی کا سوئچ حالاں کہ اس کے تخت کے اوپر ہی لگا تھا، لیکن ایک تو جاڑے میں لحاف سمیت یا لحاف چھوڑ کر کھڑے ہونے کی کاہلی، دوسرے لالہ روپارام کا ڈر۔ صبح ہی کہے گا، 'گووند بابو، بڑی دیر تک پڑھائی ہو رہی ہے، آج کل؟' جس کا سیدھا مطلب ہوگا کہ 'بڑی بجلی خرچ کرتے ہو؟'

پھر اس نے چپکے سے، جیسے کوئی اسے دیکھ رہا ہو، تکیے کے نیچے سے لحاف

کے اندر ہی اندر ہاتھ بڑھاکر وہ رسالہ نکال لیا اور گردن کے پاس سے اس کے سینتالیسویں صفحے کو بیسیوں بار کھول کر بڑی دیر تک گھورتا رہا۔ ایک بجے کی پٹھان کوٹ ایکسپریس جب دہاڑتی ہوئی گزر گئی تو اچانک اسے ہوش آیا۔ ۴۷ اور ۴۸ — جو صفحے اس کے سامنے کھلے تھے، ان میں جگہ جگہ نیلی روشنائی سے کچھ سطروں کے نیچے لائنیں کھینچی گئی تھیں — یہی نہیں، اس صفحے کا کونا موڑ کر انھیں سطروں کی طرف خاص دھیان کھینچا گیا تھا۔ اب تک گووندان یا ان کے آس پاس کی سطروں کو بیس بار سے زیادہ گھور چکا تھا۔ اس نے مشکوک نگاہوں سے اِدھر اُدھر دیکھا اور پھر ایک بار اُن سطروں کو پڑھا۔

جتنی بار وہ انھیں پڑھتا، اس کا دل ایک انجانی خوشی کے بوجھ سے دھڑک کر ڈوبنے لگتا اور دماغ اسی طرح بھنّا اٹھتا جیسا اس وقت بھنّایا تھا، جب وہ رسالہ اسے ملا تھا۔ حالاں کہ اس درمیان اس کی ذہنی کیفیت کئی مشکل مراحل سے دوچار ہو چکی تھی، پھر بھی وہ کافی دیر تک کالی سیاہی سے چھپے کہانی کے حرفوں کو ایک ٹک نگاہوں سے گھورتا رہا۔ دھیرے دھیرے اسے لگا، یہ حرفوں کی سطر ایک ایسی کھڑکی کی جالی ہے، جس کے پیچھے بکھرے بالوں والی ایک بے بس لڑکی کا چہرہ جھانک رہا ہے۔ اور پھر اس کے دماغ میں بچپن میں سنی کہانی حقیقت میں بدلنے لگتی ہے — شکار کھیلنے میں ساتھیوں کا ساتھ چھوٹ جانے پر بھٹکتا ہوا ایک راج کمار اپنے تھکے ماندے گھوڑے پر بالکل ویرانے میں، سمندر کے کنارے بنے ایک عظیم سنسان قلعے کے نیچے جا پہنچا۔ وہاں اوپر کی کھڑکی میں اسے ایک بے حد خوب صورت راج کماری بیٹھی دکھائی دی، جسے ایک راکشش نے لاکر وہاں قید کر دیا تھا..... چھوٹے سے چھوٹے تذکرے کے ساتھ کھڑکی میں بیٹھی راج کماری کی تصویر گووند کی آنکھوں کے آگے واضح اور صاف ہو گئی، اور اسے لگا، جیسے وہی راج کماری ان لکیروں، چھپی سطروں کے پیچھے سے جھانک رہی ہے — اس کے گالوں پر آنسوؤں کی لکیریں سوکھ گئی ہیں، اس کے ہونٹوں پر پپڑی جم گئی ہے، چہرہ مرجھا گیا ہے اور ریشمی بال مکڑی کے جالے جیسے لگنے ہیں، جیسے اس کے پورے جسم سے ایک آواز نکلتی ہو — 'مجھے چھڑاؤ، مجھے چھڑاؤ۔'

گووند کے من میں اس انجان راج کماری کو چھڑانے کے لیے جیسے رہ رہ کر کوئی کریدنے لگا۔ ایک آدھ بار تو اس کی بڑی شدید خواہش ہوئی کہ اپنے اندر رہ رہ کر کچھ کرنے کے جذبے کو وہ اپنے تخت اور کوٹھری کی دیوار کے بیچ میں بچی دو فٹ چوڑی گلی میں گھوم گھوم کر دور کر دے۔

تو کیا واقعی لکشمی نے یہ سب کچھ اسی کے لیے لکھا ہے؟ لیکن اس نے تو لکشمی کو دیکھا تک نہیں۔ اگر اپنے تصور میں کسی جوان لڑکی کا چہرہ لائے بھی، تو وہ آخر کیسی ہو؟ ... کچھ اور بھی باتیں تھیں کہ وہ لکشمی کے روپ میں ایک خوب صورت لڑکی کے چہرے کی کلپنا کرتے ڈرتا تھا۔ اس کی ٹھیک شکل وصورت اور عمر بھی تو نہیں معلوم اسے.....

گووند یہ اچھی طرح جانتا تھا کہ یہ سب اسی کے لیے لکھا گیا ہے۔ یہ سطریں کھینچ کر اسے ہی متوجہ کیا گیا ہے۔ پھر بھی وہ اس انہونی بات پر یقین نہیں کر پاتا تھا۔ وہ اپنے کو اس لائق بھی نہیں سمجھتا تھا کہ کوئی لڑکی اس طرح اسے اشارے کرے گی۔ یوں شہروں کے بارے میں اس نے بہت کچھ سُن رکھا تھا، لیکن یہ سوچا بھی نہیں تھا کہ گاؤں سے انٹر پاس کر کے شہر آنے کے ایک ہفتے میں ہی اس کے سامنے ایک ایسی ہی 'خوش قسمت' ساعت آجائے گی۔

وہ جب جب ان سطروں کو پڑھتا، تب تب اس کا سر اس طرح چکرانے لگتا جیسے کسی دس منزلہ مکان سے نیچے جھانک رہا ہو۔ جب اس نے پہلے پہل یہ سطریں دیکھی تھیں، تو اس طرح اچھل پڑا تھا جیسے ہاتھ میں انگارہ آگیا ہو۔

بات یہ ہوئی کہ وہ چکی والے ہال میں اینٹوں کے تخت جیسے بنے چبوترے پر بڑی پرانی لکڑی کی صندوقچی کے اوپر لمبا پتلا رجسٹر کھولے دن بھر کا حساب ملا رہا تھا، تبھی لالہ روپارام کا سب سے چھوٹا نو دس سال کا لڑکا رام سوروپ اس کے پاس آکھڑا ہوا۔ یہ لڑکا ایک پھٹے پرانے چیسٹر کی —— جو یقیناً کسی بڑے بھائی کے چیسٹر کو کٹوا کر بنوایا گیا ہوگا —— جیبوں میں دونوں ہاتھوں کو ٹھونسے پاس کھڑا ہو کر اسے دیکھنے لگا

گووند جب پہلے ہی دن آیا تھا اور حساب کر رہا تھا، تبھی یہ لڑکا بھی آکھڑا ہوا تھا۔ اس دن لالہ روپارام بھی تھے، اس لیے صرف یہ دکھانے کے لیے وہ ان کے

بیٹے میں بھی کافی دلچسپی رکھتا ہے، اس نے اس سے نام، عمر اور اسکول درجے وغیرہ پوچھے تھے۔ نام رام سوروپ، عمر نو سال، چُنگی پرائمری اسکول میں چوتھی جماعت میں پڑھتا تھا۔ پھر تو صبح شام گووند اسے چیسٹر کے سائے سے ہی جاننے لگا۔ شکل دیکھنے کی ضرورت ہی نہیں ہوتی تھی۔ چیسٹر کے نیچے نیکر پہنے ہونے کی وجہ سے اس کی پتلی ٹانگیں کھلی رہتیں اور وہ پاؤں میں بڑے پرانے کرمچ کے جوتے پہنے رہتا۔ جن کی پھٹی نکلی زبان کو دیکھ کر اسے ہمیشہ دُم کٹے کتے کی پونچھ کا دھیان آتا تھا۔

تھوڑی دیر اس کا لکھنا دیکھتے رہ کر لڑکے نے چیسٹر کے بٹنوں کے کساؤ اور چھاتی کے بیچ میں رکھا رسالہ نکال کر اس کے سامنے رکھ دیا اور بولا، 'منشی جی، لکشمی جی جی نے کہا ہے، ہمیں کچھ اور پڑھنے کو دیجیے۔'

'اچھا، کل دیں گے۔' من ہی من بھنّا کر اس نے کہا۔

یہاں آکر اسے جو 'منشی جی' کا نیا خطاب ملا، اسے سُن کر اس کی آتما خاک ہو جاتی۔ 'منشی جی' نام کے ساتھ جو ایک کان پر قلم لگائے، گول میلی ٹوپی، پرانا کوٹ پہنے، مڑے تڑے آدمی کی تصویر سامنے آتی ہے، اسے بیس بائیس سال کا نوجوان گووند سنبھال نہیں پاتا۔

لالہ روپا رام اسی گاؤں کے ہیں، شاید اس کے پتا کے ساتھ دو تین جماعت پڑھے بھی تھے۔ شہر آتے ہی اپنے پاؤں پر کھڑے ہو کر پڑھائی چلا سکنے کے لیے کسی ٹیوشن وغیرہ یا چھوٹے موٹے پارٹ ٹائم کام کے لیے لالہ روپا رام سے بھی وہ ملا، تو انھوں نے بہت حوصلے سے اس کے مرحوم باپ کو یاد کر کے کہا، 'بھیا، تم تو اپنے ہی بچے ہو، ذرا ہماری چکّی کا حساب کتاب، گھنٹے آدھ گھنٹے دیکھ لیا کرو، اور مزے میں چکّی کے پاس جو کوٹھری ہے، اس میں پڑے رہو۔ اپنا پڑھو۔ آٹے کی تو یہاں کمی ہے ہی نہیں۔' اور بے حد مشکور ہو جب وہ ان کی کوٹھری میں آگیا تو پہلی رات حساب لکھنے کا ڈھنگ سمجھاتے ہوئے لالہ روپا رام موتیا بند والے چشمے کے موٹے موٹے کانچوں کے پیچھے سے مور پنکھی کے چاند کی طرح سی دِکھتی آنکھوں اور موٹے ہونٹوں سے مسکراتے، اس کی عزت بڑھانے کو 'منشی جی' کہہ بیٹھے تو وہ چونک گیا لیکن اس نے ارادہ کر لیا کہ یہاں جم جانے کے بعد نرمی سے اس لفظ کی مخالفت

کرے گا۔ رام سوروپ سے ’منشی جی‘ نام سن کر اس کی بھنویں تن گئیں، اسی لیے اس نے نظرانداز کرنے کا سا جواب دیا تھا۔

’کل ضرور دیجیے گا۔‘ رام سوروپ نے پھر اصرار کیا۔

’ہاں بھائی، ضرور دیں گے۔‘ اس نے دانت پیس کر کہنا چاہا لیکن چپ ہی رہا۔ وہ اکثر لکشمی کا نام سنتا تھا۔ حالاں کہ اس کی کوٹھری بالکل سڑک کی طرف الگ سی پڑتی تھی، لیکن اس میں پیچھے کی طرف جو ایک جالی دار چھوٹا سا روشن دان تھا، وہ گھر کے اندر نیچے کی منزل کے چوک میں کھلتا تھا۔ لالہ روپا رام کا کنبہ اوپر کی منزل پر رہتا تھا اور نیچے سامنے کی طرف بن چکی تھی، پیچھے کئی طرح کی چیزوں کا اسٹور روم تھا۔ اس ’لکشمی‘ نام کے لیے اسے تجسس اور دلچسپی اس لیے بھی بہت تھی کہ چاہے کوٹھری میں ہو یا باہر بن چکی کے ہال میں، ہر پانچویں منٹ پر اس کا نام مختلف بولیوں میں سنائی پڑتا تھا —— ’لکشمی بیوی نے یہ کہا ہے،‘ ’روپے لکشمی بیوی کے پاس ہیں،‘ چابی لکشمی بیوی کو دے دینا۔‘ اور اس کے جواب میں جو ایک پتلی تیکھی سی معتبر آواز سنائی دیتی تھی، اسے گووند پہچاننے لگا تھا۔ قیاس سے اس نے سمجھ لیا کہ یہی لکشمی کی آواز ہے۔ لیکن خود کیسی ہے؟ اس کی ایک جھلک بھر دیکھ پانے کو اس کا دل کبھی کبھی بری طرح تڑپ سا اٹھتا۔ لیکن پہلے کچھ دنوں اسے اپنا اثر جمانا تھا۔ اس لیے وہ آنکھ اٹھا کر بھی صرف ایک جھلک دیکھنے کی کوشش نہ کرتا۔ من ہی من اس نے سمجھ لیا کہ یہ لکشمی ہے کافی اہم ..... دقت یہ تھی کہ اندر کچھ دکھائی بھی تو نہیں دیتا تھا۔ سڑک کے کنارے تین چار دروازے والے اس چکّی کے ہال کے بعد ایک آٹھ دس فٹ لمبی گلی تھی، تب پھر اندر چوک تھا۔ پہلی منزل کافی اونچی اور مضبوط تھی اور چوک کے اوپر لوہے کا جال پڑا تھا۔ اس پر سے اوپر والے لوگ جب گزرتے تھے تو لوہے کی جھنجھناہٹ سے پہلے تو اس کا دھیان ہر بار ادھر چلا جاتا تھا۔ کبھی کبھی بچے تو اور بھی اچھل اچھل کر اس پر کودنے لگتے تھے۔ یہاں سے تو جب تک کسی بہانے پوری گلی نہ پار کی جائے، کچھ بھی دکھنا ناممکن تھا۔ چوں کہ غسل خانہ اور نل وغیرہ اسی چوک میں تھے، جن کی وجہ سے نیچے اکثر سیلن اور نمی رہتی تھی، اس لیے صبح چوک میں جاتے ہوئے بے حد سیدھے لڑکے کی طرح نگاہیں نیچی کیے ہوئے بھی

وہ اوپر کے حالات کو بھانپنے کی کوشش کرتا تھا۔ اوپر سر اٹھا کر آنکھ بھر دیکھ پانے کی اس میں ہمت نہ تھی۔ اپنی کوٹھری کا واحد دروازہ بند کر کے تخت پر چڑھ کر لکڑی کے جالے اور دھول سے بھرے جالی دار روشن دان سے جھانک کر اس نے وہاں کے حالات کو بھی جاننے کی کوشش کی تھی، لیکن یہ کم بخت جالی کچھ اس ڈھنگ سے بنی تھی کہ اس کے 'فوکس' بس پورا سامنے والا چھجا اور ایک آدھ فٹ لوہے کا جال بھر آتا تھا۔ وہاں کئی بار اسے لگا جیسے دو چھوٹے چھوٹے تلوے گزرنے ..... بہت کوشش کرنے پر ٹخنے دکھے ـــــ ہاں، میں تو کسی لڑکی کے ہی پیر، کیوں کہ ساتھ میں دھوتی کا کنارہ بھی جھلکا تھا..... اس نے ایک گہری سانس لی اور تخت سے اترتے ہوئے بڑے اداکارانہ انداز میں چھاتی پر ہاتھ مارا اور بڈبڈایا، 'اے لکشمی ظالم، ایک جھلک تو دکھا دیتی؟'

'منشی جی، تم تو دیکھ رہے ہو، لکھتے کیوں نہیں؟' رام سوروپ نے جب دیکھا کہ گووند دھیرے دھیرے ہولڈر کا پچھلا حصہ دانتوں سے ٹھونکتا ہوا حساب کی کاپی میں بغیر پلک جھپکائے کچھ گھور رہا ہے، تو پتہ نہیں کیسے یہ بات اس کی سمجھ میں آ گئی کہ وہ جو کچھ سوچ رہا ہے، اس کا تعلق سامنے رکھے حساب سے نہیں ہے۔

اس نے چونک کر لڑکے کی طرف دیکھا اور چوری پکڑے جانے پر جھینپ کر مسکرایا۔ تبھی اچانک ایک بات اس کے دماغ میں کوندھی ـــــ یہ لکشمی رام سوروپ کی بہن ہی تو ہے۔ ضرور اس کا چہرہ اس سے کافی ملتا جلتا ہوگا۔ اس بار اس نے دھیان سے رام سوروپ کا چہرہ دیکھا کہ وہ خوب صورت ہے یا نہیں۔ پھر اپنی بے وقوفی پر مسکرا کر انگڑائی لی۔ چاروں طرف ڈھیلے ہوئے کمبل کو پھر سے چاروں طرف کس لیا اور انجانے پیار سے بولا، 'اچھا منا، کل صبح دے دیں گے۔' اس کی خواہش ہوئی کہ وہ لکشمی کے بارے میں کچھ بات کرے لیکن سامنے ہی چوکیدار اور مستری کام کر رہے تھے۔

اصل میں آج وہ تھک بھی گیا تھا۔ اچانک مصروف ہو کر بولا اور جلدی جلدی حساب کرنے لگا۔ دنیا بھر کی سفارشوں کے بعد اس کا نام کالج کے نوٹس بورڈ پر آ گیا کہ وہ لے لیے گئے لڑکوں میں ہے۔ آتے وقت کچھ کتابیں اور کاپیاں

بھی وہ خرید لایا تھا، اس لیے آج وہ چاہتا تھا کہ جلدی سے جلدی اپنی کوٹھری میں لیٹے اور کچھ آگے پیچھے کی باتیں —— دنیا بھر کی باتیں —— سوچتا ہوا سو جائے۔ سوچے، لکشمی کون ہے، کیسی ہے۔ وہ اس کے بارے میں کس سے پوچھے؟.... کوئی اس کا ہم عمر اور اعتماد کا آدمی بھی تو نہیں ہے۔ کسی سے پوچھے اور روپا رام کو پتہ چل جائے تو؟ لیکن ابھی تیسرا ہی تو دن ہے۔ من ہی من اپنے پاس رکھے مسائل اور کہانی کی کتابوں کی گنتی کرتے ہوئے وہ سوچنے لگا کہ اس بار اسے کون سی دینی ہے۔ آگے جاکر جب کافی دن ہو جائیں گے تو وہ اس میں چپ چاپ اس میں ایک ایسا چھوٹا سا خط رکھ دے گا جو کسی دوست کے نام لکھا گیا ہو گا یا اس کی زبان ایسی ہو گی کہ پکڑ میں نہ آسکے: 'بھول سے چلا گیا'، پکڑے جانے پر وہ آسانی سے کہہ سکے گا،' اسے تو دھیان بھی نہیں تھا کہ وہ پرچہ اس میں رکھا ہے۔' بیس جواب ہیں۔ اپنی چالاک بیوقوفی کے تصور پر وہ مسکرانے لگا۔

جس کے بارے میں وہ اتنا سب سوچتا ہے، یہ اسی لکشمی کے پاس سے آیا ہوا رسالہ ہے۔ اس نے اسے اپنے نازک ہاتھوں سے چھوا ہو گا، تکیے کے نیچے سرہانے بھی یہی رہا ہو گا۔ لیٹ کر پڑھتے ہوئے، ہو سکتا ہے، سوچتے سوچتے چھاتی پر ہی رکھ کر سو گئی ہو.... اور اس کا تن من گدگدا اٹھا۔ کیا لکشمی اس کے بارے میں بالکل ہی نہیں سوچتی ہو گی؟ حساب لکھنے کی مصروفیت میں بھی اس نے گردن موڑ کر ایک ہاتھ سے رسالے کے صفحات پلٹنے شروع کر دیئے اور ایک کونا موڑے صفحے پر اچانک اس کا ہاتھ رک گیا۔ یہ کس نے موڑا ہے؟ ایک منٹ میں ہزاروں باتیں اس کے دماغ میں چکر لگا گئیں۔ اس نے رسالہ اٹھا کر حساب کی کاپی پر رکھ لیا۔ مڑا صفحہ پورا کھلا تھا۔ چھپے صفحہ پر جگہ جگہ نیلی روشنائی کے نشان دیکھ کر وہ چونک پڑا۔ یہ کس نے لگائے ہیں؟ اسے خوب اچھی طرح یاد ہے، یہ پہلے نہیں تھے۔

میں تمھیں اپنی جان سے زیادہ پیار کرتی ہوں ...' اس نے ایک نیلی سطر کے اوپر پڑھا۔

' ایں! یہ کیا چکّر ہے ...؟ وہ ایک دم جیسے بوکھلا گیا۔ اس نے فوراً ہی سامنے بیٹھے مستری سلیم اور دلاور سنگھ کو دیکھا۔ وہ اپنے میں ہی مصروف تھے۔ اس کی نگاہ

پنے آپ دوسری سطر پر پھسل گئی

'مجھے یہاں سے بھگا لے چلو ....'

'ارے ....'

''میں پھانسی لگا کر مر جاؤں گی ...'

اور گووند اتنا گھبرا گیا کہ اس نے پھٹ سے رسالہ بند کر دیا۔ شک سے اِدھر اُدھر دیکھا ـــــ کسی نے تاڑ تو نہیں لیا۔ اس کے ماتھے پر پسینہ ابھر آیا اور دل چکّی کے موٹر کی طرح چلنے لگا۔ رسالے کے ان خطوں کے بیچ میں ہی انگلی رکھے ہوئے اس نے اسے گھٹنے کے نیچے چھپا لیا۔ کہیں دور سے ہی رنگ برنگی کور کی تصویر دیکھ کر یہ کم بخت چوکیدار ہی نہ مانگ بیٹھے۔ ان سطروں کو ایک بار پھر دیکھنے کی ایک شدید خواہش اس کے مَن میں ہو رہی تھی، لیکن جیسے ہمت نہ پڑتی تھی۔ کیا واقعی یہ نشان لکشمی نے ہی لگائے ہیں ؟ کہیں کسی نے مذاق تو نہیں کیا ؟ لیکن مذاق اس سے کون کرے گا، کیوں کرے گا ؟ ایسا اس کا کوئی واقف بھی تو نہیں ہے یہاں کہ تین دن میں ہی ایسی ہمت کر ڈالے۔

اس نے پھر رسالہ نکال کر پورا اُلٹ پلٹ ڈالا۔ نہیں، نشان وہی ہے، بس۔ وہ ان تینوں سطروں کو پھر ایک ساتھ پڑھ گیا اور اسے ایسا لگا جیسے اس کے دماغ میں ہوائی جہاز بھنّا اٹھا ہو۔ گووند کا دماغ چکرا رہا تھا، دل دھڑک رہا تھا اور جو حساب وہ لکھ رہا تھا، وہ تو جیسے ایک دم بھول گیا۔ اس نے قلم کے پچھلے حصّے سے کان کے اوپر کھجلایا، خوب آنکھیں گڑا کر جمع اور خرچ کے خانوں کو دیکھنے کی کوشش کی، بس نس نس سے سن، سن کرتی کوئی چیز دوڑی جا رہی تھی۔ اسے لگا، اس کا دل پھٹ جائے گا اور آتش بازی کے انار کی طرح دماغ پھٹ پڑے گا۔ اب وہ کس سے پوچھے ـــــ یہ سب نشان کس نے لگائے ہیں ؟ کیا واقعی لکشمی نے ؟

اس خوب صورت سچ پر یقین نہیں ہوتا۔ میں چاہے اسے نہ دیکھ پایا ہوں، اس نے تو ضرور ہی مجھے دیکھ لیا ہوگا۔ ارے، یہ لڑکیاں بڑی تیز ہوتی ہیں۔ گووند کی خواہش ہوئی، اگر اسے اسی لمحے شیشہ مل جائے تو وہ لکشمی کی آنکھوں سے خود کو ایک بار دیکھے کیسا لگتا ہے۔

لیکن یہ لکشمی کون ہے؟ بیوی، کنواری، شادی شدہ، مطلقہ، کیا؟ کتنی بڑی ہے؟ اس کی نس نس میں ایک ایسی تیز مروڑ سی اٹھنے لگی کہ وہ ابھی اٹھے اور دوڑ کر اندر کے آنگن کی سیڑھیوں سے دھڑادھڑ چڑھتا ہوا اوپر جا پہنچے، لکشمی جہاں بھی، جس کمرے میں بھی بیٹھی ہو، اس کے دونوں کندھے جھنجھوڑ کر پوچھے، "لکشمی، لکشمی، یہ سب تم نے لکھا ہے؟ تم نہیں جانتی لکشمی، میں کتنا ابھاگا ہوں۔ میں قطعی اتنا خوش قسمت نہیں ہوں۔" اور واقعی اس انجانی خوش قسمتی سے گووند کا دل اس طرح نم ہو اٹھا کہ اس کی آنکھوں سے آنسو آ گئے۔ ڈوری سے لٹکتے ہوئے بلب کو بغیر پلکیں جھپکائے دیکھتا ہوا وہ ماضی اور مستقبل کی گہرائیوں میں اترتا چلا گیا، پھر اس نے دھیرے سے اپنے کوروں میں بھرے آنسوؤں کو انگلی پرے کر اس طرح جھٹک دیا جیسے دیوتا پر چندن چڑھا رہا ہو۔ اس کا ڈھیلا پڑا ہاتھ اب بھی رسالے کے پنے کو پکڑے تھا۔

ایک بار اس نے پھر ان سطروں کو دیکھا۔ مان لو، لکشمی اس کے ساتھ بھاگ جائے۔ کہاں جائیں گے، وہ لوگ؟ کیسے رہیں گے؟ اس کی پڑھائی کا کیا ہوگا؟ بعد میں پکڑ لیے گئے تو؟

لیکن آخر یہ لکشمی ہے کون؟

لکشمی کے بارے میں سوالوں کا ایک جھنڈ اس کے دماغ پر ٹوٹ پڑا، جیسے شکاری کتوں کا باڑہ کھول دیا گیا ہو، یا ایک کے بعد ایک سر پر ہتھوڑے کی کوئی چوٹیں کر رہا ہو، بڑی بے رحمی اور بے دردی سے۔ جیسے چھت پر سے اچانک گر پڑنے والے آدمی کے سامنے ساری دنیا ایک جھٹکے کے ساتھ ایک پل میں چکر لگا جاتی ہے، اسی طرح اس کے سامنے سیکڑوں ہزاروں چیزیں ایک ساتھ چمک کر غائب ہو گئیں۔

اینٹوں کے اونچے چوکور تخت نما چبوترے پر پڑی چھوٹی سی صندوقچی کے آگے بیٹھا گووند حساب کر رہا تھا اور ابھی حساب نہ ملنے کی وجہ سے جو کچے پرزے ادھر ادھر بکھرے تھے، وہ سب یوں ہی بکھرے رہے۔ اس نے کھلے رجسٹر پر دونوں کہنیاں ٹکا دیں اور دونوں ہتھیلیوں سے آنکھیں بند کر لیں۔ کنپٹی کے پاس کی نسیں چٹخ رہی تھیں۔ ایسا تو کبھی دیکھا سنا نہیں، سنیما، ناولوں میں بھی نہیں دیکھا،

پڑھا۔ واقعی ان نشانوں کا کیا مطلب ہے ؟ کیا لکشمی نے ہی لائینیں کھینچی ہیں ؟ ہوسکتا ہے، کسی بچے نے ہی یہ کھینچ دی ہوں ـــــ اس ممکن سے تھوڑا چونک کر گووند نے پھر صفحہ کھولا ـــــ نہیں، بچہ کیا صرف انھیں سطروں کے نیچے نشان لگاتا! اور لکیریں اتنی سدھی اور سیدھی ہیں کہ کسی بچے کی ہو ہی نہیں سکتیں۔ کسی نے اُسے بلاوجہ پریشان کرنے کو تو نشان نہیں لگا دیئے ؟ ہوسکتا ہے وہ لکشمی بہت چُہل باز ہو اور ذرا چھکانے کو اسی نے سب کیا ہو ....

حالاں کہ گووند اس طرح آنکھیں بند کیے سب سوچ رہا تھا، لیکن من ہی من ڈر رہا تھا کہ مستری اور دربان اسے دیکھ کر کچھ سمجھ نہ جائیں۔ سب سے بڑا ڈر اُسے لالہ روپارام کا تھا۔ ابھی روئی بھری، سکر پاروں والی سلائی کی، میلی سی پوری بانہہ کی مرزئی پہنے اور اس پر میلی جیکٹ یوگوں پرانی انٹی پیپٹے، دھیرے دھیرے ہانپتے ہوئے، بینت ٹیکتے، بڑی تکلیف سے سیڑھیاں اتر کر وہ آئیں گے.....

اچانک بینت کی کھٹ کھٹ سے چونک کر اس نے جو آنکھوں کے آگے سے ہاتھ ہٹائے تو دیکھا، سچ ہی لالہ روپارام چلے آرہے ہیں۔ ارے کم بخت یاد کرتے ہی آ پہنچا۔ بیٹھے ہوئے دیکھ تو نہیں لیا ؟ اس نے جھٹ رسالے کو گھٹنے کے نیچے اور بھی کھسکا لیا اور سامنے پھیلے پرزوں پر آنکھیں ٹکا کر مصروف ہو اٹھا۔ مستری اور چوکیدار کی کھسر پھسر بند ہوگئی۔ گلی سی پار کر کے لالہ روپارام داخل ہوا۔

موٹے موٹے شیشوں کے پیچھے سے ان کی آنکھیں بڑی ہو کر خوفناک دکھتی تھیں۔ آنکھوں اور پلکوں کا رنگ مل کر ایسا دکھائی دیتا تھا جیسے پیچھے مور پنکھ کے چندووے لگے ہوں۔ سر پر روئی بھرا ہی کنٹوپا تھا۔ اس کے کانوں کو ڈھکنے والے موٹر کے 'مڈ گارڈ' جیسے کونے اب اوپر کو مڑے تھے اور دیومالائی راکششوں کے سینگوں کا منظر پیش کر رہے تھے۔ چہرہ ان کا جھرّیوں سے بھرا تھا اور چشمے کا فریم ناک کے اوپر سے ٹوٹ گیا تھا۔ اسے انھوں نے دھاگا لپیٹ کر مضبوط کر لیا تھا۔ دانت ان کے نقلی تھے اور شاید ڈھیلے بھی تھے، کیوں کہ انھیں وہ ہمیشہ اسی طرح منہ چلا چلا کر پیچھے سرکائے رکھتے تھے جیسے 'چونگم' چبا رہے ہوں۔ گووند کو ان کے منہ چلانے اور منہ سے نکلتی طرح طرح کی آوازوں سے بڑی اُبکائی سی آتی

تھی اور جب وہ اس سے بات کرتے، تو وہ کوشش کر کے اپنا دھیان اس طرف سے ہٹائے رکھتا۔ لالہ روپارام کی گردن ہمیشہ اس طرح ہلتی رہتی جیسے کھلونے والے بڈھے کی گردن کا اسپرنگ ڈھیلا ہو گیا ہو۔ گھٹنوں تک کی میلی کچیلی دھوتی اور ملٹری کے کباڑیا بازار سے خرید کر لائے گئے موزوں پر باندھنے کی پٹیاں جو شاید انھیں گٹھیا کے درد سے بھی بچاتی تھیں۔ بنا فیتے کے منہ کھولے پھٹے پرانے بوٹ۔ انھیں دیکھ کر ہمیشہ گووند کو لگتا کہ اس آدمی کا آخری وقت قریب آ گیا ہے۔

جب لالہ روپارام پاس آ گئے، تو اس نے ان کے اعزاز میں چہرے پر چکنائی والی مسکان لا کر اس کی طرف دیکھتے ہوئے استقبال کیا۔ اینٹوں کے چبوترے پر لگ بھگ دو سو سیاہی کے داغ اور چھید والی دری پر رام سوروپ کے ان سے سٹ کر کھڑے ہونے سے، ایک موٹی سی سلوٹ پڑ گئی تھی، اسے ہاتھ سے ٹھیک کر کے اس نے کہا، 'لالہ جی، یہاں بیٹھیے ....'

لالہ جی نے ہانپتے ہوئے بغیر بولے ہی اشارہ کر دیا کہ نہیں، وہ ٹھیک ہیں۔ اور وہ ٹین کی کرسی پر ہی اس کی طرف منہ کر کے بیٹھ گئے اور ہانپتے رہے۔ اصل میں انھیں سانس کی بیماری تھی اور وہ ہمیشہ پیاسے کتے کی طرح ہانپتے رہتے تھے۔

ان کے یہاں آ بیٹھنے سے ایک بار تو گووند کانپ اٹھا۔ کہیں کم بخت کو پتہ تو نہیں لگ گیا، کہیں کچھ پوچھنے، تاپچھنے نہ آیا ہو۔ حالاں کہ لالہ روپارام اس وقت کھا پی کر ایک بار چکر ضرور لگاتے تھے، لیکن اسے یقین ہو گیا کہ نہ ہو بڈھا تاڑ گیا ہے۔ اس کا دل دھسک چلا۔ روپارام ابھی ہانپ رہے تھے۔ گووند سر جھکائے ہی حساب کتاب جوڑتا رہا۔ آخر صورت حال سنبھالنے کی نگاہ سے اس نے کہا، 'لالہ جی، آج میرا نام آ گیا کالج میں۔'

'اچھا!' لالہ جی نے کھانسی کے بیچ میں ہی کہا۔ وہ ایک ہاتھ سے ڈنڈے کو زمین پر ٹیکے ہوئے تھے، دوسرے ہاتھ میں کلائی تک گومکھی بندھی تھی، جس کے اندر انگلیاں چلا چلا کر وہ مالا گھما رہے تھے اور ان کا وہ ہاتھ ٹونٹا سا لگ رہا تھا۔

ماحول کا بوجھ بڑھتا ہی جا رہا تھا کہ ایک حادثہ ہو گیا۔

انھوں نے سانس جمع کر کے کچھ بولنے کو منہ کھولا ہی تھا کہ اندر آنگن کا لوہے کا جال بُری طرح جھنجھنا اٹھا، جیسے کوئی بہت ہی بھاری چیز اوپر سے پھینک دی گئی ہو اور پھر زور سے بجتی ہوئی کھنکھناتی پھلی جیسی چیز آگری، اس کے پیچھے چمٹا، سنڈاسی ..... اور پھر تو اسے ایسا لگا جیسے کوئی بالٹی، کڑھائی، توا وغیرہ نکال کر جال پر پھینک رہا ہے اور پانی اور چھوٹی موٹی چیزیں نیچے گر رہی ہیں۔ اس کے ساتھ کچھ ایسا شور اور کہرام اندر سنائی دیا جیسے آگ لگ گئی ہو۔

گووند جھٹک کر سیدھا ہو گیا ـــــ کہیں سچ مچ آگ واگ تو نہیں لگ گئی؟ اس نے سوالیہ نگاہ سے چونک کر لالہ جی کی طرف دیکھا اور اس کا منہ حیرت سے کھلا رہ گیا۔ لالہ جی پریشان ضرور دکھائی دیتے تھے، لیکن کوئی خوفناک حادثہ ہو گیا ہے اور انھیں دوڑ کر جانا چاہیے، ایسی کوئی بات ان کے چہرے پر نہیں تھی۔ مستری اور چوکیدار دونوں بہت دبے طنز سے ایک دوسرے کی طرف دیکھتے، مسکراتے، لالہ جی کی طرف نگاہیں پھینک رہے تھے۔ کسی کو کوئی خاص فکر نہیں تھی۔ اندر شور بڑھ رہا تھا، چیزیں پھینکی جا رہی تھیں اور جال کی کھڑکھڑاہٹ، گھن گھناہٹ گونجتی جا رہی تھی۔ آخر یہ کیا ہو رہا ہے؟ جذبات سے اس کی پسلیاں تڑکنے کو ہو آئیں۔ وہ لالہ جی سے یہ پوچھنے ہی والا تھا کہ یہ کیا ہے، تبھی بڑی تکلیف سے ہاتھ کی لکڑی پر سارا زور دے کر وہ اٹھ کھڑے ہوئے .... اور گھسٹتے سے جہاں سے آئے تھے اسی گلی میں چلے گئے۔ جاتے ہوئے الٹ کر دھیرے سے انھوں نے کواڑ بند کر دیئے۔ مستری اور چوکیدار نے نجات پاکر بدن ڈھیلا کیا، ایک دوسرے کی طرف مسکرا کر دیکھا، کھنکھارا اور پھر ایک بار کھل کر مسکرائے۔ لالہ جی کا پیچھا کرتی گووند کی نگاہ اب لوگوں کی طرف مڑ گئی اور جب اس سے نہیں رہا گیا تو وہ کھڑا ہو گیا۔ مرغے کی پنکھوں کی طرح کمبل کو باہوں پر پھڑپھڑا کر اس نے لپیٹا اور اس رسالے کو دیکھتا ہوا چبوترے سے نیچے اتر آیا، تھوڑی دیر یوں ہی کشمکش میں کھڑا رہا، پھر اس گلیارے کے دروازے تک گیا کہ کچھ دکھائی سنائی دے۔ شور میں چار پانچ آوازیں ایک ساتھ دروازے کے شگاف سے گھٹی گھٹی سنائی دی اور ان میں سب سے تیز آواز وہی تھی جسے وہ لکشمی کی آواز سمجھا تھا

ہے بھگوان۔ کیا ہو گیا؟ کوئی کہیں سے گر پڑا، آگ لگ گئی، سانپ بچھو نے کاٹ لیا؟ لیکن جس طرح وہ لوگ بیٹھے دیکھ رہے تھے، اس سے تو ایسا لگتا تھا، جیسے یہ کوئی خاص بات نہیں ہے۔ کم بخت کواڑ کیوں بند کر گیا؟ اس وقت جال اس طرح کھن کھن بج رہا تھا۔ جیسے اس پر کوئی تانڈو رقص کر رہا ہو۔ اسے اونچی چیختی مہین آواز میں وہ نسوانی آواز، جسے وہ لکشمی کی آواز سمجھتا تھا، اتنی تیز اور زور سے بول رہی تھی کہ لاکھ کوشش کرنے پر بھی وہ کچھ نہیں سمجھ سکا۔

''پریشان کیوں ہو رہے ہو بابوجی؟'' چوکیدار کی آواز سن کر وہ ایک دم سیدھا کھڑا ہو گیا۔ مسکراتا ہوا وہ کہہ رہا تھا، ''آج چنڈی چیت رہی ہے۔'' اس کی اس بات پر مستری ہنسا

گووند بُری طرح جھنجھلا اٹھا۔ کوئی اتنی بڑی بات، حادثہ ہو رہا ہے اور یہ بدمعاش اس طرح مزے لوٹ رہے ہیں۔ پھر وہ بہت ہی فکر مند اور پریشان سا اُدھر مُڑا۔

اس بڑے کمرے یا ہال میں ہر چیز پر آٹے کا مہین پاؤڈر چھایا ہوا تھا۔ ایک طرف آٹے میں نہائی چکی، کالے پتھر کے بنے ہاتھی کی طرح چپ چاپ کھڑی تھی۔ اور اس کا پسے آٹے کو سنبھالنے والا غلاف سا سونڈ کی طرح لٹکا تھا۔ اسی کی سیدھ میں دوسری دیوار کے نیچے موٹر لگی تھی، جہاں سے ایک چوڑا پٹا چکی کو چلاتا تھا۔ اتنے حصے میں حفاظت کے لیے ایک ریلنگ لگا دیا تھا۔ سامنے کی دیوار میں چپکے لمبے چوڑے لال چوکور تختے پر ایک کھوپڑی اور دو ہڈیوں کے کراس کے نیچے 'خطرہ' اور 'ڈینجر' لکھے تھے۔ اس کے چبوترے کے بغل میں ہی چھت سے جاتی زنجیر میں ایک بڑا لوہے کا ترازو بتھکی کی طرح ایک بانہہ اونچا کیے لٹکا تھا، کیوں کہ دوسرے پلڑے میں مَن سے لے کر چھٹانک تک کے باٹوں کا ڈھیر لگا تھا۔ حالاں کہ لالہ روپا رام اکثر چوکیدار کو ڈانٹتے تھے کہ رات میں اتار کر رکھ دیا کر۔ لیکن کسی کسی دن آدھی رات تک چکی چلتی اور دُکان دفتر والے تو صبح پانچ بجے سے ہی آنے لگتے، اس وقت برف جیسے ٹھنڈے ترازو کو چھونا اور ٹانگنا دلاور سنگھ کو زیادہ پسند نہیں تھا۔ وہ اسے یہ کہہ کر ٹال دیتا کہ لڑائی میں

صبح ہی صبح کافی ٹھنڈی بند وقیں لے کر مارچ اور پریڈ کرلیا، اب کیا زندگی بھر ٹھنڈا لوہا ہی چھونا اس کی قسمت میں لکھا ہے؟ اس لیے وہ اُسے ٹنگا ہی رہنے دیتا، حالاں کہ ٹھیک بیچ میں ہونے کی وجہ سے وہ جب بھی دروازہ کھولنے اٹھتا تو خود ہی اس سے ٹکراتا، الجھتا اور رات کی تنہائی میں فوجی گالیوں کا استقبال کرتا۔ پرانا کلینڈر ایک طرف پسائی کے لیے بھرے اناج یا پسے آٹے کے بورے، کنستر، پوٹلیاں اور اوپر چڑھ کر اناج ڈالنے کا مضبوط سا اسٹول۔ اس وقت دونوں ٹانگیں جس میں کیلدار فل بوٹ ڈٹے ہوئے تھے، زمین پر پھیلائے چوکیدار مزے میں کھاٹ کی پاٹی پر جھکا بیٹھا اپنا پرانا، پہلی لڑائی کے سپاہی پنے کی یاد —— گریٹ کوٹ —— چاروں طرف لپیٹے شان سے بیڑی دھونک رہا تھا اور دھیرے دھیرے سامنے بیٹھے مستری سلیم سے باتیں بھی کرتا جارہا تھا۔

اس کے اور مستری کے درمیان ایک آگ کی کنڈی جل رہی تھی۔ جب کبھی دھیان آجاتا تو پاس رکھے کوئلے لکڑی کچھ ڈال دیتا اور کبھی کبھی مسکین سے ہاتھ یا پاؤں اس سمت میں بڑھا کر گرمی سو کھتا۔ سلیم سر جھکائے پانی کی بالٹی میں ٹیوب ڈبا ڈبا کر ان کے پنکچر دیکھنے میں مصروف تھا۔ اس کے آس پاس دس بارہ کالے لال ٹیوب، ربر کی کترنیں، قینچی، پینچ، پلاس، سالیوشن، چمڑے کی پیٹی اور ایک طرف ٹائر لٹکے دس بارہ سائیکل کے پہیوں کا ڈھیر تھا۔ اپنے اس سامان سے اس نے آدھے سے زیادہ کمرہ گھیر لیا تھا۔

جب گووند اس کے پاس آیا تو وہ سر جھکائے ہنستا ہوا ٹیوب کا پنکچر پکڑ کر کان میں لگی کاپنگ پنسل کو تھوک سے گیلا کرتے ہوئے، (حالاں کہ ٹیوب پانی سے بھیگا تھا اور سامنے بالٹی بھرا پانی بھی رکھا تھا) نشان لگاتا ہوا جواب دے رہا تھا، ’ یہ کیا جمادار صاحب منے !‘ پھر ایک بھنو کو ذرا ترچھی کرکے بولا، ’’ لالہ کچھ ناما ڈھیلا کرے، تو اس کی لڑکی پر جن کا سایہ ہے، اس کا علاج تو ہم اپنے مولوی بدرالدین صاحب سے منتوں میں کرادیں !‘

گووند کا ماتھا ٹھنکا —— لالہ کی کسی لڑکی پر کیا کوئی دیوی آتی ہے؟ اسے اپنے گاؤں کے ایک برہمنی بیوہ تارا کا ایک دم دھیان آگیا۔ اسے بھی جب دیوی آتی تھی

تو گھر کے برتن اٹھا اٹھا کر پھینکنے لگتی تھی، اس کا سارا بدن اینٹھنے لگتا تھا، منہ سے جھاگ آنے لگتے تھے، گردن مروڑ کھانے لگتی تھی، آنکھیں اور زبان باہر نکلنے لگتی تھیں۔ کون لڑکی ہے لالہ کی؟ لکشمی تو نہیں؟ بھگوان کرے لکشمی نہ ہو۔ اس کا دل شبہ سے ڈوبنے سا لگا۔ اس نے سنا، شور بند ہوگیا تھا اور کہیں دور سے رہ رہ کر ایک ہلکی صرف رونے کی آواز سنائی دیتی تھی۔ شاید کسی کو دورہ وورہ ہی آگیا ہے، تبھی تو یہ لوگ مطمئن ہیں۔

گووند کو سنا کر چوکیدار بولا، 'ناما! تم بھی یار مستری کسی دن سبے چارے بڈھے کا ہارٹ فیل کراؤ گے۔ اور بیٹا، اس 'جن' کا علاج تمھارے مولوی کے پاس نہیں ہے، سمجھے؟ وہ تو ہوا ہی دوسری ہے۔ آؤ بابوجی، بیٹھو۔'

چوکیدار نے بیٹھے بیٹھے اسٹول کی طرف اشارہ کیا۔ اصل میں یہ گووند کو 'بابوجی' ضرور کہتا تھا، لیکن اس کی خاص عزت نہیں کرتا تھا۔ ایک تو گووند قصبے سے آیا تھا، اور اسے شہر میں چوکیداری کرتے ہو چکے تھے نقد بیس سال؛ دوسرے وہ فوج میں رہا تھا اور کیرو تک گھوم آیا تھا۔ عمر، تجربہ، تہذیب، سبھی میں وہ اپنے کو گووند سے زیادہ ہی سمجھتا تھا۔ لیکن گووند کو اس وقت ان سب کا دھیان نہیں تھا۔ اس نے اسٹول سے ٹک کر ذرا سہارا لیتے ہوئے فکرمند آواز میں پوچھا، 'کیوں بھئی، یہ شور غل کیا تھا؟ کیا ہو رہا تھا؟'

مستری نے سر اٹھا کر اسے دیکھا اور چوکیدار کی مسکراتی نظروں سے اس کی آنکھیں ملیں۔ اس نے اپنی کھچڑی مونچھوں پر ہتھیلی پھیرتے ہوئے کہا، 'کچھ نہیں بابوجی، اوپر کوئی چیز کسی بچے نے گرادی ہوگی۔'

مستری نے کہا، 'جمادار صاحب، جھوٹ کیوں بولتے ہو؟ صاف صاف کیوں نہیں بتا دیتے؟ اب ان سے کیا چھپا رہے گا؟'

'تو خود کیوں نہیں بتا دیتا؟' چوکیدار نے کہا اور جیب سے بیڑی کا بنڈل نکال لیا۔ کاغذ نوچ کر آٹے کی لوئی بنانے کی طرح اسے ڈھیلا کیا، پھر ایک بیڑی نکال کر مستری کی طرف پھینکا۔ دوسری بیڑی کو دونوں طرف سے پھونکا اور جلانے کے لیے دہکتے کوئلے کی تلاش میں نگاہیں انگیٹھی میں گھماتے ہوئے ذرا مصروفیت

سے بات جاری رکھی، 'تجھے کیا معلوم نہیں ہے؟'

اِن دونوں کی چہل سے گووند کی جھنجھلاہٹ بڑھ رہی تھی۔ اسے لگا، ضرور دال میں کچھ کالا ہے، جیسے یہ لوگ ٹال رہے ہیں۔ مستری زبان نکالے پنکچر کی جگہ کو ریگ مال سے گھس رہا تھا۔ وہ جب بھی کوئی کام مستعدی سے کرتا تو اپنی زبان نکال کر اوپر کے ہونٹ کی طرف موڑ لیتا۔ اس کی چاند کے بیچ میں ابھرتے گنج کو دیکھ کر گووند نے سوچا کہ گنجا پن تو رئیسی کی نشانی ہے، لیکن یہ کم بخت تو آدھی رات میں یہاں پنکچر جوڑ رہا ہے۔ اس نے اسی طرح سر جھکائے ہی کہا، اب میں بابو جی کو قصہ بتاؤں یا ان ٹیوبوں سے سر پھوڑوں؟ سالے سڑ کر حلوہ تو ہو گئے ہیں لیکن بدلے گا نہیں۔ من تو ہوتا ہے سب کو اٹھا کر اس انگیٹھی میں رکھ دوں، ہوگا صبح سو دیکھا جائے گا۔'

'یہ اتنے ٹیوب ہیں کاہے کے؟' ذرا اپنا پن جتانے کو گووند نے پوچھا، 'حالت تو واقعی ان کی بڑی خراب ہو رہی ہے۔'

'آپ کو نہیں معلوم؟' اِس بار کام چھوڑ کر مستری نے غور سے گووند کو دیکھا 'یہ آپ کے لالہ کے جو دو درجن رکشہ چلتے ہیں، ان کا کوڑا ہے۔ یہ تو ہوتا نہیں کہ اتنے رکشے ہیں، روز ٹوٹ پھوٹ، مرمت ہوتی ہی رہتی ہے، ہمیشہ کے لیے لگا لے ایک مستری، دن بھر کی چھٹی ہوئی۔ یہ تو ہوگا نہیں، ٹیوب ٹائر میرے سر ہیں اور باقی ٹوٹ پھوٹ مستری علی احمد ٹھیک کرتے ہیں۔' پھر اس نے یوں ہی پوچھا، 'آپ بابو جی، نئے آئے ہیں؟'

'ہاں، دو تین دن ہی تو ہوئے ہیں۔ میں یہاں پڑھنے آیا ہوں،' گووند نے کہا۔ اس کے پیٹ میں کھلبلی مچ رہی تھی، لیکن وہ نئے سرے سے پوچھنے کا سرا ڈھونڈ رہا تھا۔

'تبھی تو،' مستری بولا، 'تبھی تو آپ یہ سب پوچھ رہے ہیں۔ رات کو اس کا حساب رکھتے ہیں نا؟ ہاں، تھوڑے دنوں میں اپنے فرزند کو بھی آپ سے پڑھوائے گا۔'

'اپنے فرزند' لفظ میں جو طنز اس نے دبا رکھا تھا اس سے خود ہی خوش ہو کر مسکراتے ہوئے اس نے چوکیدار کی دی ہوئی بیڑی سلگائی۔

'اب، انھیں یہ سب کیا پتا نا ہے۔ وہ تو اس کے گاؤں سے ہی آئے ہیں۔ انھیں سب معلوم ہے،' چوکیدار بولا۔

'نہیں، سچ مجھے کچھ نہیں معلوم۔' گووند نے ذرا اعتماد سے کہا، 'ان لالہ کے تو پتا ہی یہاں چلے آئے تھے نا، سو ہم لوگوں کو کچھ بھی نہیں معلوم۔ بتائیے نا کیا بات ہے؟' گووند نے ذرا خوشامد کے لہجے میں پوچھا۔

شاید اس کی تجسس بھری بے چینی سے متاثر ہو کر ہی مستری بولا، 'اجی کچھ نہیں' لالہ کی بڑی لڑکی جو ہے نا، اسے مرگی کا دورہ آتا ہے، کوئی کہتا ہے اسے ہسٹریا ہے، لیکن ہمارا تو قیاس یہ ہے کہ بابو جی، دورہ، وورہ کچھ نہیں، اس پر کسی آسیب کا سایہ ہے..... اس بے چاری کو تو کچھ ہوش رہتا نہیں۔'

'بیوہ ہے؟' جلدی سے بات کاٹ کر گووند دھک دھک کرتے دل سے پوچھ بیٹھا ـــ ہائے لکشمی ہی نہ ہو۔

اس بار پھر دونوں کی نگاہوں کا آپس میں ٹکرا کر مسکرانا اس سے چھپا نہ رہا۔ بیڑی کے لمبے کش کے دھوئیں کو نگل کر اس بار چوکیدار زبردستی گمبھیر بن کر بولا، 'اجی، اس نے اس کی شادی ہی کہاں کی ہے؟'

'نام کیا ہے؟' گووند سے نہیں رہا گیا۔

'لکشمی!'

'لکشمی...' اس کے منہ سے نکل گیا اور جیسے ایک دم اس کی ساری قوت کسی نے کھینچ لی ہو، تجسس اور جذبے سے تنا جسم ڈھیلا پڑ گیا۔

چوکیدار اس بار نہایت ہی پر اسرار ڈھنگ سے ہنسا، جیسے کہہ رہا ہو، 'اچھا تم بھی جانتے ہو؟'

گووند کے من میں فطری سوال اٹھا، 'اس کی عمر کیا ہے؟'

لیکن چوکیدار نے پوچھا، 'تو سچ مچ بابو جی، آپ ان کے گھر کے بارے میں کچھ بھی نہیں جانتے؟'

'نہیں تو بھائی! میں نے بتایا نو، میں ان کے بارے میں کچھ بھی، قطعی، نہیں جانتا۔' ایک طرح کی خود سپردگی کے احساس سے گووند بولا۔

'لیکن لکشمی کا قصّہ تو سارے شہر میں مشہور ہے'، چوکیدار بولا۔

'آپ شاید نئے نئے آئے ہیں، یہی وجہ ہے' پھر مستری کی طرف دیکھ کر بولا' 'کیوں مستری صاحب، تو بابوجی کو قصّہ بتا ہی دوں؟

'ارے لو، یہ بھی کوئی پوچھنے کی بات ہے؟ اس میں چھپانا کیا؟ یہاں رہیں گے تو کبھی نہ کبھی جان ہی جائیں گے'

'اچھا تو پھر سن ہی لو یار، تم بھی کیا کہو گے ...' چوکیدار نے مسرت سے کہنا شروع کیا، 'آپ شاید جانتے ہیں، یہ ہمارا لالہ شہر کا مشہور کنجوس اور مشہور رئیس ہے ...'

'لا محالہ جو کنجوس ہوگا وہ رئیس تو ہوگا ہی' مستری بولا۔

'نہیں مستری صاحب، پورا قصّہ سننا ہو تو بیچ میں مت ٹوکو' چوکیدار اس مداخلت پر ناراض ہو گیا۔

'اچھا، اچھا، سناؤ' مستری بڈھوں کی طرح مسکرایا۔

'اس کی یہ چکی ہے نا، سہالگوں میں اس پر ہزاروں مَن پستا ہے، ویسے بھی دو ڈھائی سو مَن تو کم سے کم پستا ہی ہے روز۔ افسروں اور کلرکوں کو کچھ کھلا پلا کر لڑائی کے زمانے میں اسے ملٹری کے کچھ ٹھیکے مل ہی جاتے تھے۔ آپ جانو، ملٹری کا ٹھیکہ تو جس کے پاس آیا سو بنا۔ آپ ان دنوں دیکھتے 'لکشمی فلور مل' کے ہلتے بورے یوں چُنے رہتے جیسے مورچے کے لیے بالو بھر بھر کر رکھ دیے ہوں۔ اس میں اس نے خوب روپیہ پیٹا۔ ملٹری کے گیہوں بیچ دیئے اونے پونے بھاؤ، اور ردّی سستے والے خرید کر کوٹہ پورا کیا۔ اس میں کھڑیا ملادی۔ پسائی کے الٹے سیدھے پیسے تو اس نے مارے ہی، بلیک چار سو بیسی، چوری، کیا کیا اس نے نہیں کیا؟ اس کے علاوہ ایک بہت بڑی صابن کی فیکٹری اور کافی بڑا جوتوں کا کارخانہ بھی اِس کا ہے۔ اسے اس کے بیٹے سنبھالتے ہیں۔ پچیس تیس رکشے اور پانچ موٹر ٹرک چلتے ہیں۔ دس بارہ سے زیادہ اس کے مکان ہیں، جن کا کرایہ آتا ہے۔ روپے سود پر دیتا ہے۔ شاید گاؤں میں بھی کافی زمین اس نے لے رکھی ہے۔ ایک کام ہے سالے کا؟ اتنا تو ہمیں پتہ ہے' باقی اس کی اصلی آمدنی تو کوئی نہیں جانتا، کچھ نہ کچھ

کرتا ہی رہتا ہے۔ بھگوان ہی جانے۔ رات دن کسی نہ کسی تگڑم میں لگا ہی رہتا ہے۔ کروڑوں کا آسامی ہے اور سب سے تعجب کی بات تو یہ ہے کہ یہ سب صرف اسی پچیس چھبیس سال میں جمع کی ہوئی رقم ہے۔'

چوکیدار دلاور سنگھ ملٹری میں رہ آنے کی وجہ سے خوب باتونی تھا اور مورچہ کے، اپنے افسروں کے قصوں کو، اپنی بہادری کے کارناموں کو خوب نمک مرچ لگاکر اتنی بار سنا چکا تھا کہ اسے کہانی سنانے کا محاورہ ہوگیا تھا۔ ہر بات کے اتار چڑھاؤ کے ساتھ اس کی آنکھیں اور چہرے کے زاویے بدلتے رہتے تھے۔

اس کی باتیں غور اور دلچسپی سے سنتے ہوئے بھی گووند کے من میں ایک بات ٹکرائی ــــــ 'لکشمی کو دورے آتے ہیں، کہیں ایسا تو نہیں کہ اس نے جو یہ نشان لگا کر بھیجے ہیں، یہ بھی دورے کی حالت میں ہی لگائے ہوں اور ان کا کوئی خاص مطلب نہ ہو' اس بات سے واقعی اسے بڑی مایوسی ہوئی' پھر بھی اس نے اوپر سے حیرانگی ظاہر کرتے ہوئے پوچھا، 'صرف پچیس چھبیس سال؟'

نئی بیڑی جلاتے ہوئے چوکیدار نے ذرا زور سے سر ہلایا۔ گووند نے سوچا' اور لکشمی کی عمر کیا ہوگی؟'

'اور کنجوسی کی حد تو آپ نے دیکھ ہی لی ہوگی۔' بڈھا ہوگیا ہے، سانس کا مریض ہے، سارا بدن کانپتا ہے، لیکن ایک پیسے کا بھی فائدہ دیکھے گا تو دس میل دھوپ میں ہانپتا ہوا پیدل جائے گا۔ کیا مجال جو سواری کرلے۔ گرمی آئی تو پورا جسم ننگا، کمر میں دھوتی ـــــ آدھی پہنے، آدھی بدن میں لپیٹے۔ جاڑا ہوا تو یہی ڈریس، بس اسی میں، پچھلے دس سال سے تو میں دیکھ رہا ہوں۔ کبھی کسی مکان کی مرمت نہ کرانا، سفیدی صفائی نہ کرانا اور ہمیشہ یہی دھیان رکھنا کہ کون کتنی بجلی خرچ کر رہا ہے، کہاں بیکار نل یا پنکھا چل رہا ہے۔ لڑکا ہے سو اُسے مفت کی چنگی کے اسکول میں ڈال دیا ہے، لڑکی گھر بٹھا رکھی ہے۔ ایک ایک پیسے کے لیے گھنٹوں رکشہ والوں، ٹرک والوں سے لڑنا، بحثیں کرنا اور چکّی والوں کی ناک میں دم رکھنا، انھیں دن رات یہ سکھانا کہ کس چالاکی سے آٹا بچایا جاسکتا ہے۔ بیسیوں روپے کا آٹا روز ہوٹل والوں کو بکتا ہے، وہ الگ۔ جس دن سے چکّی کھلی ہے، گھر کے لیے تو آٹا بازار

سے آیا ہی نہیں۔ آپ یقین کیجیے کم سے کم بارہ پندرہ ہزار کی آمدنی ہوگی اس کی لیکن صورت دیکھیے، مکھیاں بھنبھناتی رہتی ہیں۔ کسی آنے جانے والے کے لیے ایک کرسی تک نہیں، پان سپاری کی تو بات ہی دور ہے۔ کون کہے گا کہ یہ پیسے والا ہے؟ یہ عمر ہونے کو آئی صبح سے شام تک بس پیسے کے پیچھے ہائے، ہائے۔ دنیا کے کسی اور کام سے مطلب ہی نہیں۔ سبھا ہو، سوسائٹی ہو، ہڑتال ہو، چھٹی ہو، کچھ بھی ہو لیکن لالہ روپا رام اپنی ہی دھن میں مست۔ نوکروں کو کم سے کم دینا پڑے، اس لیے خود ہی ان کے کام کو دیکھتا ہے۔ مجھ سے تو کچھ اس لیے نہیں کہتا کہ مجھ پر تھوڑا اعتماد ہے، دوسرے میری ضرورت سب سے بڑی ہے۔ لیکن باقی ہر نوکر روتا ہے اس کے نام کو، اور مزہ یہ کہ سب جانتے ہیں کہ جھکی ہے۔ کوئی اس کی بات کو دھیان سے سنتا نہیں۔ بعد میں سب اس کا نقصان کرتے ہیں، آس پاس کے سبھی ہنستے اور گالیاں دیتے ہیں.....'

'بچے کتنے ہیں؟' چوکیدار کو ان بیکار کی باتوں میں بہکتا دیکھ کر گووند نے سوال کیا۔

'اسی بات پر آتا ہوں،' چوکیدار اطمینان سے بولا، 'سچ بابو جی، میں یہ دیکھ کر حیران ہوں کہ اس عمر تک تو اس نے یہ دولت جٹائی ہے، اب اس کا یہ کم بخت کرے گا کیا؟ لوگ جمع کرتے ہیں کہ بیٹھ کر بھوگیں، لیکن یہ راکشس تو جمع کرنے میں ہی لگا رہتا ہے۔ اسے جمع کرنے کی ہی ایسی ہائے ہائے لگی رہتی ہے کہ دولت کس لیے جمع کی جاتی ہے، اس بات کو یہ بے چارہ بالکل ہی بھول گیا ہے۔' پھر بڑے فکر مند اور فلسفیانہ موڈ میں دلاور سنگھ نے آگ والی راکھ کو دیکھتے ہوئے کہا، 'اس عمر تک تو اسے جوڑنے کی ایسی ہوس ہے، اب اس کا یہ بھوگ کب کرے گا؟ سچ سچ بابو جی، جب کبھی میں سوچتا ہوں تو بے چارے پر ترس آتا ہے۔ دیکھ، آج کی تاریخ تک یہ بے چارہ بھاگ دوڑ کر تو دھوپ کی فکر چھوڑ کر جما رہتا ہے۔ ایک پائی اس میں سے کھا نہیں سکتا، جیسے کسی دوسرے کا ہو۔ اب مان لیجیے، کل یہ مر جاتا ہے تو یہ سب کس کے لیے جمع کیا ہے؟ بے چارے کے ساتھ کیسی لاچاری ہے — مر کر، جی کر، نوکر کی طرح جمع کیے جا رہا ہے۔ نہ خود کھا سکتا ہے، نہ دیکھ

سکتا ہے کہ کوئی دوسرا چھو بھی لے، جیسے دھن کے اوپر بیٹھا سانپ، خود اُسے کھا نہیں سکتا، کھانے کو خیر دے گا ہی کیا؟ اس کی رکھوالی کرنا اور جوڑنا ....' اور لالہ ردپارام کے لیے رحم کے جذبے سے چوکیدار نے ایک گہری سانس لی۔ پھر دوسرے ہی پل دانت کٹکٹاتا ہوا بولا، ''اور کبھی کبھی من ہوتا ہے، چھرا لے کر سالے کی چھاتی پر جا چڑھوں، اور مربے کے آم کی طرح گو دوں۔ اپنے پیٹ میں جو اتنا دھن بھر رکھا ہے، اس کی ایک ایک پائی اگلوالوں۔ چاہے خود نہ کھائے، لیکن جسے اپنے بچوں کو بھی کھلا پلا نہیں سکتا، اس دھن کا کیا ہوگا؟'

'اِس کے بچے کتنے ہیں؟' اس بار پھر گووند بے چین ہوگیا۔ اصل میں وہ چاہتا تھا کہ ان فلسفیانہ باتوں کو چھوڑ کر وہ جلدی سے جلدی اصل موضوع پر آجائے، لکشمی کے بارے میں بتائے۔

تفصیل میں بہہ جانے کی اپنی کمزوری پر چوکیدار مسکرایا اور بولا، ''اس کے بچے ہیں چار۔ بیوی مرگئی، باقی کسی ناتے دار رشتے دار کو جھانکنے نہیں دیتا، اوپر کوئی نوکر بھی نہیں۔ بس ایک مری مرائی سی بڑھیا پال لی ہے، لوگ بڑے بھائی کی بیوی بتاتے ہیں۔ بس وہی سارا دیکھ بھال کرتی ہے اور تو کسی کو میں نے ساتھ دیکھا نہیں۔ خود، تین لڑکے اور ایک لڑکی ....'

'بڑے دو لڑکے تو ساتھ نہیں رہتے نہ' اس بار مستری بولا۔

'ہاں، وہ لوگ الگ ہی رہتے ہیں۔ دن میں ایک آدھ چکر لگا جاتے ہیں، ایک جوتے کا کارخانہ دیکھتا ہے، دوسرا صابن کی فیکٹری سنبھالتا ہے۔ اس سالے کو ان پر بھی یقین نہیں ہے۔ پورے کاغذ پتر، حساب کتاب اپنے پاس ہی رکھتا ہے' معمول کے مطابق شام کو وہاں جاتا ہے وصولی کرنے۔ لیکن لڑکے بھی بڑے تیز ہیں' ذرا شوقین طبیعت پائی ہے۔ اس کے مرتے ہی دیکھ لینا مستری، وہ اس کی ساری کنجوسی نکال ڈالیں گے۔' پھر یاد کر کے بولا،' اور کیا کہا تم نے؟ ساتھ رہنے کی بات، سو بھیا، جب تک اکیلے تھے، تب تک تو کوئی بات ہی نہیں تھی لیکن اب تو ان کی بیویاں آگئی ہیں نا۔ ایک آدھ بچہ بھی آگیا ہے گھر میں، سو آسے دن بھر گودی میں لٹکائے پھرتا ہے۔ اس کے گھر میں ایک چنڈی جو ہے نا، اس کے ساتھ

سب کا نباہ نہیں ہو سکتا۔'

ایک دم گووند کے من میں آیا ـــــ لکشمی۔ اور وہ اوپر سے نیچے تک کانپ اٹھا۔ 'کون، لکشمی؟' اس کے منہ سے نکل گیا۔

'جی ہاں، اس کی بدولت تو یہ سارا کھیل ہے، وہی تو اس بھنڈارے کی چابی ہے وہ نہ ہوتی تو یہ سب تام جھام آتا کہاں سے۔ اس نے تو اس کے دن ہی پلٹ دیئے' نہیں تو تھا کیا اس کے پاس؟' اس بار یہ بات چوکیدار نے ایسے لٹکے سے کہی، جیسے واقعی کسی راز کی چابی ہو۔

'کیسے بھائی، کیسے؟' گووند پوچھ بیٹھا۔ اس کا دماغ چکرا گیا۔ یہ کیا تضاد ہے! ایک پل کو اس کے دماغ میں آیا ـــــ 'کہیں یہ روپیہ کمانے کے لیے تو لکشمی کا استعمال نہیں کرتا؟ راکشش، چانڈال!'

اس کی بے صبری پر چوکیدار پھر مسکرایا اور بولا، 'باپ تو اس کا ایسا رئیس تھا بھی نہیں، پھر وہ کچی گرہستی چھوڑ کر مر گیا تھا۔ زیادہ سے زیادہ ہزار ہزار روپیہ دونوں بھائیوں کے پلے پڑا ہوگا۔ شادیاں دونوں کی ہو چکی تھیں۔ کچھ کاروبار کھولنے کے خیال سے یہ سٹے میں اپنے روپے دوگنے چوگنے کرنے پہنچا تو سارے گنوا آیا۔ بڑے بھیا روپا رام نے ایک پن چکی کھول ڈالی۔ پہلے تو اس کی بھی حالت ڈانواڈول رہی تھی، لیکن سنتے ہیں کہ جب سے اس کی لڑکی گوری پیدا ہوئی، اس کی حالت سنبھلتی ہی چلی گئی۔ یہ اسی کے یہاں کام کرتا تھا، میاں بیوی وہیں پڑے رہتے۔ ایسا کچھ اس لڑکی کا پاؤں آیا کہ لالہ روپا رام سچ مچ کے لالہ ہو گئے۔ ان لوگوں کے بڑے بوڑھوں کا کہنا تھا کہ لڑکی ان کے خاندان میں بھگوان ہوتی ہے۔ اب تو یہ اپنا لالہ کبھی اس اوجھا کے پاس جا، کبھی اُس پیر کے پاس جا، کبھی اس کی منت' کبھی اس کا سنکلپ۔ دن رات بس یہی کہ ہے بھگوان، میرے لڑکی ہوا اور پتہ نہیں کیسے، بھگوان نے سن لی اور لڑکی ہو گئی۔ آپ یقین نہیں کریں گے، پھر تو واقعی روپا رام کے نقشے بدلنے لگے۔ پتہ نہیں گڑا ہو ملا یا چھپر پھاڑ کر ملا لالہ روپا رام کے ستارے پھر گئے۔ اُسے یقین ہونے لگا کہ یہ سب اسی کی مہربانی ہے اور حقیقت میں یہ کوئی دیوی ہے۔ اس نے اس کا نام لکشمی رکھا، اور صاحب

کہنا پڑے گا کہ لکشمی سچ مچ لکشمی ہی بن کر آئی۔ تھوڑے دنوں میں ہی رلکشمی فلور مل ، الگ بن گئی۔ اب تو اس کا یہ حال کہ وہ مٹی بھی چھودیتا تو سونا بن جائے اور کنکر کو اٹھالے تو ہیرا دیکھیے۔ پھر آ گئی لڑائی اور اس کے پنجے چھکے ہو گئے۔ اسے ٹھیکے ملنے لگے۔ سمجھیے ، ایک کے بعد ایک مکان خریدے جانے لگے۔ سامان لانے لے جانے والے ٹرک آ گئے۔ ادھر روچورام بھی پھل رہا تھا ، اور دونوں بھائی فخر سے کہتے تھے —— ' ہمارے یہاں لڑکیاں لکشمی بن کر ہی آتی ہیں ' لیکن پھر ایک ایسا واقعہ ہو گیا کہ تصویر کی شکل بدل گئی —— ' چوکیدار دلاور سنگھ جانتا تھا کہ یہ اس کی کہانی کا کلائمکس ہے ' اس لیے سامعین کے تجسس کو جھٹکا دینے کے لیے اس نے انگلیوں میں دبی ، بیکار جلتی بیڑی کو دو تین کش لگا کر ختم کیا اور بولا :

' گوری شادی لائق ہو گئی تھی۔ شاید کسی پڑوسی لڑکے کو لے کر کچھ ایسی ویسی باتیں بھی لالہ روچورام نے سنیں۔ لوگوں نے بھی انگلیاں اٹھانی شروع کر دیں تو انھوں نے گوری کی شادی کر دی۔ بس اس کی شادی ہونا تھا کہ جیسے ایک دم سارا کھیل بگڑ گیا۔ اس کے جاتے ہی لالہ ایک بہت بڑا مقدمہ ہار گیا اور بھگوان کی لیلا دیکھیے ، انھیں دنوں اس کی پن چکی میں آگ لگ گئی۔ کچھ لوگوں کا کہنا تو یہ ہے کہ کسی دشمن کا کام تھا۔ جو بھی ہو ، بڑے ہاتھی کی طرح جو یکبارگی گرے تو اٹھنا دشوار ہو گیا۔ لوگ روپے داب گئے اور ان کا دیوالہ نکل گیا۔ دیوالہ کیا جی ، ایک طرح سے بالکل ملیامیٹ ہو گئے ، سب کچھ چوپٹ ہو گیا اور چھلاّ چھلاّ تک بک گیا۔ ایک دن لالہ جی کی لاش تالاب میں پھولی ہوئی ملی۔ اب تو ہمارے لالہ روپارام کو سانپ سونگھ گیا ، ان کے کان کھڑے ہوئے اور لکشمی پر پہرہ بٹھا دیا گیا۔ اسے اسکول سے اٹھا لیا گیا ، اور وہ دن سو آج کا دن ، بے چاری نیچے نہیں اتری۔ گھر کے اندر نہ کسی کو آنے دیتا ہے نہ جانے دیتا ہے۔ ماسٹر رکھ کر پڑھانے کی بات پہلے اٹھی تھی ، لیکن جب سُنا کہ ماسٹر لوگ لڑکیوں کو بہکا کر بھگا لے جاتے ہیں ، تو وہ خیال ایک دم چھوڑ دیا گیا۔ لکشمی خوب روئی پیٹی ، لیکن اس راکشس نے اسے بھیجا ہی نہیں۔ سنتے ہیں لڑکا دیکھنے دکھانے لائق .... '

بات کاٹ کر مستری بولا ، ' ارے دیکھنے دکھانے لائق کیا ، ہم نے خود دیکھی ہے۔

جدھر سے نکل جاتی، ادھر بجلی سی کوند جاتی۔ سو میں ایک!'

اس کی بات کا اعتراض نہ کر کے، یعنی اقرار کر کے، چوکیدار بولا، 'اسکول میں بھی سنتے ہیں، بڑی تعریف تھی، لیکن سب کی سالے سنے ریڑ کر دی۔ اسے یہ یقین ہو گیا کہ یہ لڑکی واقعی لکشمی ہے اور جب یہ دوسرے کی ہو جائے تو ایک دم اس کا بھی ستیاناس ہو جائے گا۔ اسی ڈر سے نہ تو کسی کو آنے جانے دیتا ہے اور نہ اس کی شادی کرتا ہے۔ اس کی ہر بات پر پولس کے سپاہی کی طرح نظر رکھتا ہے۔ اس کی ہر بات مانتا ہے، اس کی ہر ضد پوری کرتا ہے، لیکن نکلنے نہیں دیتا۔ لکشمی سولہ کی ہوئی، سترہ کی ہوئی، اٹھارہ انیس .... سال پر سال بیت گئے۔ پہلے تو وہ سب سے لڑتی تھی۔ بڑی چڑچڑی اور ضدی ہو گئی تھی۔ کبھی کبھی سب کو گالی دیتی اور مار بھی بیٹھتی تھی۔ پھر تو معلوم نہیں کیا ہوا کہ گھنٹوں رات رات بھر پڑی زور زور سے روتی رہتی، پھر دھیرے دھیرے اُسے دورہ پڑنے لگتا....'

'اب کیا عمر ہے؟' گووند نے بیچ میں ہی پوچھا۔

'اس کی ٹھیک عمر تو کسی کو بھی پتہ نہیں، لیکن اندازے سے پچیس چھبیس سے کم کیا ہوگی۔' نفرت سے ہونٹ ٹیڑھے کر کے چوکیدار نے اپنی بات جاری رکھی، 'دورہ نہ پڑے تو بے چاری جوان لڑکی کیا کرے؟ ادھر پچھلے پانچ چھ سال سے تو یہ حال ہے کہ دورے میں گھنٹے دو گھنٹے وہ بالکل پاگل ہو جاتی ہے، اچھلتی کودتی ہے، بُری بُری گالیاں دیتی ہے، بے مطلب ہنستی روتی ہے، چیزیں اٹھا اٹھا کر اِدھر اُدھر پھینکتی ہے، جو چیز سامنے آتی ہے اسے توڑ پھوڑ دیتی ہے۔ جو ہاتھ آتا ہے اس سے مار پیٹ شروع کر دیتی ہے، اور سارے کپڑے اتار کر پھینک دیتی ہے، بالکل ننگی ہو جاتی ہے اور جانگھیں اور چھاتی پیٹ پیٹ کر باپ سے کہتی ہے ــــ 'لے، تو نے مجھے اپنے لیے رکھا ہے، مجھے کھا، مجھے چبا، مجھے بھوگ....' وہ پٹتا ہے، گالیاں کھاتا ہے اور سب کچھ کرتا ہے، لیکن پہرے میں ذرا ڈھیل نہیں ہونے دیتا۔ چپ چاپ سر پر ہاتھ رکھ کر بیٹھا بیٹھا سنتا رہتا ہے۔ کیا زندگی ہے بے چاری کی۔ باپ ہے سو اُسے بھوگ نہیں سکتا اور چھوڑ تو سکتا ہی نہیں، میری تو عمر نہیں رہی اور نہ کبھی من ہوتا ہے، لے جاؤں بھگا کر، ہوگا سو دیکھا جائے گا'

اور ایک تیکھے درد سے مسکراتا ہوا چوکیدار دیر تک آگ کو دیکھتا رہا، پھر دھیرے سے ہونٹ چبا کر بولا، 'اس کی تو بوٹی بوٹی گرم لوہے سے داغی جائے اور پھر باندھ کر گولی سے اڑا دیا جائے'۔

گووند کا بھی دل بھاری ہو گیا تھا۔ اس نے دیکھا، بڈھے چوکیدار کی آنکھوں میں سامنے کی انگیٹھی کی دھندلی آگ کی پرچھائیں جھلملا رہی ہے۔

آدھی رات کو اپنی کوٹھری میں لیٹے، لکشمی کے بارے میں سوچتے ہوئے موم بتی کی روشنی میں اس کی ساری باتوں کی ایک ایک تصویر اس کی آنکھوں کے سامنے واضح ہو گئی اور اس نے تاریکی کے فصیل سے، گرم گرم آنسو بہاتی، موم بتی کی دھندلی روشنی میں لائن کھینچی سطریں پڑھیں۔

'میں تمھیں جان سے زیادہ پیار کرتی ہوں'

'مجھے یہاں سے بھگا لے چلو ...'

'میں پھانسی لگا کر مر جاؤں گی'

گووند کے من میں اپنے آپ ایک سوال اٹھا ـــــ کیا میں ہی پہلا آدمی ہوں جو اس پکار کو سن کر اتنا بے چین ہو اٹھا ہے، یا اوروں نے اس آواز کو سنا ہے اور سن کر ان سنا کر دیا ہے؟ اور کیا واقعی جوان لڑکی کی آواز کو سن کر ان سنا کیا جا سکتا ہے؟'

پھنیشور ناتھ رینو

لال پان کی بیگم

'کیوں برجو کی ماں، ناچ دیکھنے نہیں جائے گی کیا؟'

برجو کی ماں شکر قند اُبال کر بیٹھی مَن ہی مَن کُڑھ رہی تھی اپنے آنگن میں۔ سات سال کا برجو شکر قند کے بدلے طمانچہ کھا کر آنگن میں لوٹ لوٹ کر سارے جسم میں مٹی مَل رہا تھا۔ چمپیا کے سر بھی چڑیل منڈرا رہی ہے .... آنگن۔ دھوپ رہتے جو گئی ہے سہوائن کی دُکان چھوا گُڑ لانے، ابھی تک نہیں لوٹی، دیا باتی کی بیلا ہو گئی۔ آئے آج لوٹ کے ذرا۔ باگڑ بکرے کے جسم میں گگر ماچھی لگی تھی، اس لیے بے چارہ باگڑ رہ رہ کر کوُد پھاند کر رہا تھا۔ برجو کی ماں باگڑ پر مَن کا غصّہ اتارنے کا بہانہ ڈھونڈ کر نکال چکی تھی .... پچھواڑے کی مرچ کی پھولی ڈالی۔ باگڑ کے سوا اور کس نے کلیوا کیا ہوگا۔ باگڑ کو مارنے کے لیے وہ مٹی کا ایک چھوٹا ڈھیلا اُٹھا چکی تھی کہ پڑوسن مکھنی بُوا کی پُکار سنائی پڑی' 'کیوں برجو کی ماں، ناچ دیکھنے نہیں جائے گی کیا؟'

'برجو کی ماں کے آگے ناتھ اور پیچھے پگھیا نہ ہو تب نہ، بُوا!'

گرم غصّے کی بُجھی نکیلی بات بُوا کے جسم میں دھنس گئی اور برجو کی ماں نے ہاتھ کے ڈھیلے کو پاس ہی پھینک دیا .... بیچارے باگڑ کو گگر ماچھی پریشان کر رہی ہے۔ آ، ہا، آئے ... آئے ... ہرر۔ ر ... آئے ... آئے۔

برجو نے لیٹے ہی لیٹے باگڑ کو ایک ڈنڈا لگا دیا۔ برجو کی ماں کی خواہش ہوئی کہ

جاکر اسی ڈنڈے سے برجو کا بھوت بھگا دے، لیکن نیم کے پاس کھڑی پانی بھرنے والیوں کی کھِل کھلاہٹ سُن کر رُک گئی۔ بولی، 'ٹھہر، تیرے بپا نے بڑا ہتھ چھُٹا بنا دیا ہے تجھے۔ بڑا ہاتھ چلتا ہے لوگوں پر۔ ٹھہر،'

مکھنی بُوا نیم کے پاس جُھکی کمر سے گھڑا اتار کر پانی بھر کر لوٹتی پانی بھرنے والیوں سے۔ برجو کی ماں کی بہکی ہوئی بات کا انصاف کر رہی تھی، 'ذرا دیکھو تو اس برجو کی ماں کو! چار مَن جُوٹ کا پیسہ کیا ہوا ہے، دھرتی پر پاؤں ہی نہیں پڑتے۔ انصاف کرو۔ خود اپنے منہ سے آٹھ دن پہلے سے ہی گاؤں کی گلی گلی میں بولتی پھری ہے، 'ہاں، اس بار برجو کے بپا نے کہا ہے، بیل گاڑی پر بٹھا کر بلرام پور کا ناچ دکھلاؤں گا۔ بیل اب اپنے گھر ہے، تو ہزار گاڑی منگنی مل جائے گی۔ سو میں نے ابھی ٹوک دیا، ناچ دیکھنے والی سب تو اون پون کر تیار ہو رہی ہیں، رسوئی پانی کر رہی ہیں۔ میرے منہ میں آگ لگے، کیوں میں ٹوکنے گئی۔ سنتی ہو کیا جواب دیا برجو کی ماں نے۔'

مکھنی بُوا نے اپنے پوپلے منہ کے ہونٹوں کو ایک طرف موڑ کر اینٹھتی ہوئی بولی نکالی' ' ار رے ... ہاں۔ ہاں۔ بر۔ ر۔ جو کی مے ... یا کے آگے ناتھ اور .. 'پیچھے پگھیا نا ہو تب۔ ب نا۔ آ۔ آ۔'

جنگی کی بہو برجو کی ماں سے نہیں ڈرتی۔ وہ ذرا گلا کھول کر ہی کہتی ہے'' لوا۔ ا، ر۔ بے سیتل منتی (سروے سٹلمنٹ) کے حاکم کے باسا پر پھول چھاپ کناری والی ساڑی پہن کر اگر تُو بھی بھنٹا کے بھینٹ چڑھاتی تو تمھارے نام سے بھی دو تین بیگھا گھن ہر زمین کا پرچہ کٹ جاتا۔ پھر تمھارے گھر بھی آج دس مَن جوٹ ہوتا، جوڑا بیل خریدتی پھر آگے ناتھ اور پیچھے سیکڑوں پگھیا جھولتی۔'

جنگی کی بہو منہ زور ہے۔ ریلوے اسٹیشن کے پاس کی لڑکی ہے۔ تین ہی مہینے ہوئے گونے کی نئی بہو ہو کر آئی ہے اور ساری کُرمی ٹولی کی سبھی جھگڑالو ساسوں سے ایک آدھ مورچہ لے چکی ہے۔ اس کا سسر جنگی داغی چور ہے، سسٹر کلاسی ہے۔ اس کا خصم رنگی کُرمی ٹولی کا نامی لٹھیت۔ اسی لیے ہمیشہ سینگ گھماتی پھرتی ہے جنگی کی بہو۔

برجو کی ماں کے آنگن میں جنگی کی بہو کی گلا کھول کر بولی غلیل کی گولیوں کی طرح

دندناتی ہوئی آئی۔ برجو کی ماں نے ایک تیکھا جواب ڈھونڈ کر نکالا، لیکن مَن مسوس کر رہ گئی.... گوبر کے ڈھیر میں کون ڈھیلا پھینکے۔

زبان کے تھوک کو گلے میں اتار کر برجو کی ماں نے اپنی بیٹی چمپیا کو آواز دی،'اری چمپیا۔ یا... آج لوٹے تو تیرا سر مروڑ کر چولہے میں جھونکتی ہوں۔ دن بہ دن بے چال ہوتی جاتی ہے... گاؤں میں تو اب ٹھیٹھر بائسکوپ کا گیت گانے والی لپٹسریا بہو سب آنے لگی ہیں، کہیں بیٹھ کے' باجے نہ مُرلیا' سیکھ رہی ہوگی ہر۔جا۔ ئی۔ ئی۔ اری چمپیا۔ یا۔ یا۔

جنگی کی بہو نے برجو کی ماں کی آواز کا ذائقہ لے کر کمر پر گھڑے کو سنبھالا اور مٹک کے بولی،' چل دیدیا چل۔ اس محلے میں لال پان کی بیگم بستی ہے۔ نہیں جانتی' دو پہر دن اور چوپہر رات بجلی کی بتی بھک بھک کر جلتی ہے،'

بھک۔ بھک بجلی بتی کی بات سن کر جانے کیوں سبھی کِھل کھلا کر ہنس پڑیں۔ بُوا کے ٹوٹے ہوئے دانتوں کے درمیان سے ایک میٹھی گالی نکلی،' شیطان کی نانی،'

برجو کی ماں کی آنکھوں پر مالو کسی نے تیز ٹارچ کی روشنی ڈال کر چوندھیا دیا۔ ... بھک۔ بھک بجلی بتی۔ تین سال پہلے سروے کیمپ کے بعد گاؤں کی حاسد عورتوں نے ایک کہانی گڑھ کے پھیلائی تھی، چمپیا کی ماں کے آنگن میں رات بھر بجلی بتی بُھک بُھکاتی تھی۔ چمپیا کی ماں کے آنگن میں' نال والے جوتے کی چھاپ گھوڑے کے ٹاپ کی طرح۔ جلو.. جلو... اور جلو! چمپیا کی ماں کے آنگن میں چاندی جیسے جوٹ سوکھتے دیکھ کر جلنے والی ساری عورتیں کھلیہان پر سونولی دھان کے بوجھوں کو دیکھ کر بینگن کا بُھرتا ہو جائیں گی۔

مٹی کے برتن سے ٹپکتے ہوئے چھوا گڑ کو انگلیوں سے چاٹتی ہوئی چمپیا آئی اور ماں کا طمانچہ کھا کر چیخ پڑی' مجھے کیوں مارتی ہے اسے۔ اسے؟ سہوائن جلدی سے سودا نہیں دیتی ہے ایں۔ ایں۔ ایں۔ ایں!'

' سہوائن جلدی سے سودا نہیں دیتی کی نانی، ایک سہوائن کی دُکان پر ہی موتی جھڑتے ہیں، جو جڑ گاڑ کر بیٹھی ہوئی تھی۔ بول، گلے پر لات دے کر کلا توڑ دوں گی ہرجائی' جو پھر کبھی' باجے نہ مُرلیا' گاتے سنا۔ چال سیکھنے جاتی ہے ٹیشن کی چھوکریوں سے،'

برجو کی ماں نے چپ ہو کر اپنی آواز کا اندازہ کیا کہ اس کی بات جنگی کے جھونپڑے تک صاف صاف پہنچ گئی ہوگی۔

برجو بیتی ہوئی باتوں کو بھول کر اٹھ کھڑا ہوا تھا اور دھول جھاڑتے ہوئے برتن سے ٹپکتے گڑ کو للچائی نگاہ سے دیکھنے لگا تھا۔ دیدی کے ساتھ وہ بھی دُکان جاتا تو دیدی اُسے بھی گڑ ضرور چٹاتی۔ وہ شکر قند کے لالچ میں رہا اور مانگنے پر ماں نے شکر قند کے بدلے .....

'اے میّا، ایک انگلی گڑ دے دے۔' برجو نے ہتھیلی پھیلائی۔ 'دے نا میّا، ایک رتّی بھر۔'

'ایک رتّی کیوں، اُٹھا کے پھینک آتی ہوں برتن کو پچھواڑے میں، جا کے چاٹنا۔ نہیں بنے گی میٹھی روٹی ..... میٹھی روٹی کھانے کا منہ ہوتا ہے۔' برجو کی ماں نے اُبلے شکر قند کا سُوپ روتی ہوئی چمپیا کے سامنے رکھتے ہوئے کہا، 'بیٹھ کے چھلکے اتار، نہیں تو ابھی ....'

دس سال کی چمپیا جانتی ہے، شکر قند چھیلتے ہوئے کم سے کم بارہ بار ماں اس کے بال پکڑ کر جھکجھورے گی، چھوٹی چھوٹی کھوٹ نکال کر گالیاں دے گی ..... پاؤں پھیلا کے کیوں بیٹھی ہے اس طرح، بے شرم! چمپیا ماں کے غصّے کو جانتی ہے۔

برجو نے اس موقع پر تھوڑی سی خوشامد کر کے دیکھا، 'میّا، میں بھی بیٹھ کر شکر قند چھیلوں؟'

'نہیں!' ماں نے جھڑکی دی، 'ایک شکر قند چھیلے گا اور تین پیٹ میں۔ جا کر سدّھو کی بہو سے کہو، ایک گھنٹے کے لیے کڑاہی مانگ کر لے گئی تو پھر لوٹانے کا نام ہی نہیں۔ جا جلدی۔'

منہ لٹکا کر آنگن سے نکلتے نکلتے برجو نے شکر قند اور گڑ پر نگاہ دوڑائی۔ چمپیا نے اپنے الجھے بالوں کی آڑ سے ماں کی طرف دیکھا اور نظر بچا کر چپکے سے برجو کی جانب ایک شکر قند پھینک دیا۔ برجو بھاگا۔

'سورج بھگوان ڈوب گئے۔ دیا بتی کی بیلا ہو گئی۔ ابھی تک گاڑی .....'

چمپیا بیچ میں ہی بول اٹھی، 'کوئری ٹولے میں کسی نے گاڑی نہیں دی میّا۔ بپّا

بولے،' ماں سے کہنا سب ٹھیک ٹھاک کر کے تیار رہے۔ ملدھیا ٹولے کے میاں جان کی گاڑی لینے جا رہا ہوں۔'

سنتے ہی برجو کی ماں کا چہرہ اتر گیا۔ لگا چھاتے کی کمانی اتر گئی گھوڑے سے اچانک۔ کوئری ٹولے میں کسی نے گاڑی منگنی نہیں دی۔ تب مل چکی گاڑی۔ جب اپنے گاؤں کے لوگوں کی آنکھ میں پانی نہیں تو ملدھیا ٹولی کے میاں جان کی گاڑی کا کیا بھروسہ —— نہ تین میں نہ تیرہ میں۔ کیا ہوگا شکر قند چھیل کر۔ رکھ دے اٹھا کے ... یہ مرد ناچ دکھائے گا۔ بیل گاڑی پر چڑھ کر ناچ دکھانے لے جائے گا۔ چڑھ چکی بیل گاڑی پر، دیکھ چکی جی بھر کے ناچ !... پیدل جانے والی سب پہنچ کر پرانی ہو چکی ہوں گی۔"

برجو چھوٹی کڑھائی سر پر اوندھا کر واپس آیا،' ذیکھ دیدیا، ملیٹری ٹوپی! اس پر دس لاٹھی مارنے سے بھی کچھ نہیں ہوگا۔'

چمپیا چپ چاپ بیٹھی رہی، کچھ بولی نہیں، ذرا سی مسکرائی بھی نہیں۔ برجو نے سمجھ لیا میّا کا غصّہ ابھی پورے طور سے اترا نہیں ہے۔

مڑیّا کے اندر سے باگڑ کو باہر بھگاتی ہوئی برجو کی ماں بڑبڑائی' کل ہی پنچکوڑی قصائی کے حوالے کرتی ہوں راکس تجھے! ہر چیز میں منہ لگائے گا۔ چمپیا باندھ دے بکرا کو۔ کھول دے گلے کی گھنٹی۔ ہمیشہ ٹونر ٹونر! مجھے ذرا بھی نہیں سہاتا ہے۔'

ٹونر ٹونر سنتے ہی برجو کو سڑک سے جاتی ہوئی بیل گاڑیوں کی یاد آئی۔ ابھی بھُوان ٹولے کی گاڑیاں ناچ دیکھنے جا رہی تھیں —— جھُنر۔ جھُنر بیلوں کی جھنکی، تم نے سُس ...

'بے سی بک بک مت کرو۔' باگڑ کے گلے سے جھنکی کھولتی چمپیا بولی۔

'چمپیا ڈال دے چولہے میں پانی۔ بپّا آویں تو کہنا کہ اپنے اُڑان جہاز پر چڑھ کر ناچ دیکھ آویں۔ مجھے ناچ دیکھنے کا سوکھ نہیں !... مجھے جگائیو مت کوئی' میرا ماتھا دُکھ رہا ہے۔'

مڑیّا کے برامدے پر برجو نے پھسپھسا کر پوچھا،' کیوں دیدیا، ناچ میں اڑن جہاز بھی اُڑے گا؟'

چٹائی پر کتھری اوڑھ کر بیٹھتی ہوئی چمپیا نے برجو کو چپ چاپ اپنے پاس بیٹھنے

کا اشارہ کیا، مفت میں مار کھائے گا بے چارہ۔

برجو نے بہن کی کٹھری میں حصہ بانٹتے ہوئے چکی ملکی لگائی۔ جاڑے میں اس طرح گھٹنے پر ٹھڈی رکھ کر بیٹھنا سیکھ چکا ہے وہ۔ اس نے چمپیا کے کان کے پاس منہ لے جا کے کہا،' ہم لوگ ناچ دیکھنے نہیں جائیں گے؟ ... گاؤں میں ایک پنچھی بھی نہیں ہے، سب چلے گئے۔'

چمپیا کو اب تل بھر بھی بھروسہ نہیں۔ شام کا تارہ ڈوب رہا ہے۔ بپّا ابھی تک گاڑی لے کر نہیں لوٹے۔ ایک مہینہ پہلے سے ہی میّا کہتی تھی، بلرام پور کے ناچ کے دن میٹھی روٹی بنے گی، چمپیا چھینٹ کی ساڑی پہنے گی، برجو بینٹ پہنے گا۔ بیل گاڑی پر چڑھ کر ...'

چمپیا کی بھیگی پلکوں پر ایک بوند آنسو آ گیا۔

برجو کا بھی دل بھر آیا۔ اس نے دل ہی دل میں املی پر رہنے والے جن بابا کو ایک بینگن کی منت مانی، پودے کا سب سے پہلا بینگن، اس نے جس پودے کو بویا ہے۔ جلدی سے گاڑی لے کر بپّا کو بھیج دو، جن بابا!

مڑیّا کے اندر برجو کی ماں چٹائی پر پڑی کروٹیں لے رہی تھی۔' اوہوں' پہلے سے کسی بات کا منصوبہ نہیں باندھنا چاہیے کسی کو۔ بھگوان نے منصوبہ توڑ دیا۔ اس کو سب سے پہلے بھگوان سے پوچھنا ہے، یہ کس چوک کا پھل دے رہے ہو بھولا بابا! اپنے جانتے اس نے کسی دیوتا پتّر کی مان منوتی باقی نہیں رکھی۔ سروے کے وقت زمین کے لیے جتنی منتیں کی تھیں ..... ٹھیک ہی تو۔ مہاویر جی کا روٹ تو باقی ہی ہے۔ ہائے رے دَیو۔ بھول چوک معاف کرو مہاویر بابا! منوتی دونی کر کے چڑھائے گی برجو کی ماں۔

برجو کی ماں کے من میں رہ رہ کر جنگی کی بہو کی باتیں چبھتی ہیں، بھک، بھک بجلی بتی چوری چماری کرنے والے کی بیٹی بہو جلے گی نہیں۔ پانچ بیگھہ زمین کیا حاصل کی ہے برجو کے بپّا نے، گاؤں کے لوگوں کی آنکھوں میں کرکری پڑ گئی ہے۔ کھیت میں کپاس لگا دیکھ کر گاؤں کے لوگوں کی چھاتی پھٹنے لگی، دھرتی پھوڑ کر کپاس لگا ہے، ویشاکھی بادلوں کی طرح امڑتے آ رہے ہیں کپاس کے پودے۔ تو الان تو فلان! اتنی آنکھوں کی

دھاڑ بھلا فصل ہے! جہاں پندرہ من کپاس ہونا چاہیے صرف دس من کپاس کانٹے پر تول کے او جن ہوا ربی بھگت کے یہاں ...'

'اس میں جلنے کی کیا بات ہے بھلا! ... برجو کے بپّا نے تو پہلے ہی کرمی ٹولی کے ایک ایک آدمی کو سمجھا کے کہا تھا، زندگی بھر مزدوری کرتے رہ جاؤ گے۔ سروے کا وقت آرہا ہے، لاٹھی کڑی کرو تو دو چار بیگھے زمین حاصل کر سکتے ہو۔ سو گاؤں کی کسی پوت کھوکی کا بھتار سروے کے وقت بابو صاحب کے خلاف کھانسا بھی نہیں۔ برجو کے بپّا کو کم سہنا پڑا ہے۔ بابو صاحب غصّے میں سرکس ناچ کے باگھ کی طرح ہمڑتے رہ گئے۔ ان کا بڑا بیٹا گھر میں آگ لگانے کی دھمکی دے کر گیا۔ ... آخر بابو صاحب نے اپنے سب سے چھوٹے لڑکے کو بھیجا۔ برجو کی ماں کو 'موسی' کہہ کر پکارا —— یہ زمین بابو جی نے میرے نام سے خریدی تھی۔ میری پڑھائی لکھائی اسی زمین کی پیداوار سے چلتی ہے ... اور بھی کتنی باتیں۔ خوب بھلا نا جانتا ہے اتنا ذرا سا لڑکا۔ زمیندار کا بیٹا ہے کہ ...'

'چمپیا' برجو سو گیا کیا؟ یہاں آجا برجو، اندر۔ تو بھی آجا، چمپیا ..... بھلا آدمی آوے تو ایک بار آج!'

برجو کے ساتھ چمپیا اندر چلی گئی۔

'ڈھبری بجھا دے ..... بپّا بلائیں تو جواب مت دینا۔ کھپچی گرا دے۔'

'بھلا آدمی رے، بھلا آدمی! منہ دیکھو ذرا اِس مرد کا —— برجو کی ماں دن رات منجھا نہ دیتی رہتی تو رے چکے تھے زمین۔ روز آکر ماتھا پکڑ کر بیٹھ جائیں، مجھے زمین نہیں لینی ہے، برجو کی ماں، مجوری ہی اچھی ..... جواب دیتی تھی برجو کی ماں خوب سوچ سمجھ کے۔ چھوڑ دو۔ جب تمھارا کلیجہ ہی نہیں ٹکتا تو کیا ہوگا۔ جورو، زمین زور کے نہیں تو کسی اور کے!...'

برجو کے باپ پر بہت تیزی سے غصہ چڑھتا ہے۔ بڑھتا ہی جاتا ہے۔ برجو کی ماں کا بھاگ ہی خراب ہے، جو ایسا گوبر گنیش گھر والا اسے ملا۔ کون سا سُو کھ موج دیا ہے اس کے مرد نے۔ کولہو کے بیل کی طرح کھٹ کر ساری عمر کاٹ دی اس کے یہاں۔ کبھی ایک پیسے کی جلیبی لا کر دی ہے اس کے خصم نے۔ کپاس کا دام بھگت کے

یہاں سے کر باہر ہی باہر بیل ہاٹ چلے گئے۔ برجو کی ماں کو ایک بار نمری لوٹ دیکھنے بھی نہیں دیا آنکھ سے۔ بیل خرید لائے۔ اسی دن سے گاؤں میں ڈھنڈورا پیٹنے لگے، برجو کی ماں اس بار بیل گاڑی پر چڑھ کر ناچ دیکھنے جائے گی..... دوسرے کی گاڑی کے بھروسے ناچ دکھائے گا....،

آخر اسے اپنے آپ پر غصہ آیا۔ وہ خود بھی کچھ کم نہیں۔ اس کی زبان میں آگ لگے۔ بیل گاڑی پر ناچ دیکھنے کی خواہش کس بُرے وقت میں اس کے منہ سے نکلی تھی۔ بھگوان جانیں۔ پھر آج صبح سے دوپہر تک کسی نہ کسی بہانے اس نے اٹھارہ بار بیل گاڑی پر ناچ دیکھنے کی چرچا چھیڑی ہے..... لو، خوب دیکھو ناچ! واہ رے ناچ! کتھری کے نیچے دوشالے کا سپنا! کل بھورے پانی بھرنے کے لیے جب جائے گی، پتلی زبان والی پتّر یا سب ہنستی آئیں گی، ہنستی جائیں گی۔ سبھی جلتے ہیں اس سے، ہاں، بھگوان داڑھی زاد بھی۔ دو بچوں کی ماں ہو کر بھی وہ جس کی نس ہے۔ اس کا گھر والا اس کی بات میں رہتا ہے۔ وہ بالوں میں گری کا تیل ڈالتی ہے۔ اس کی اپنی زمین ہے۔ ہے کسی کے پاس ایک ڈھور زمین بھی اپنی اس گاؤں میں۔ جلیں گے نہیں! تین بیگھے میں دھان لگا ہوا ہے، اگھنی لوگوں کی بُری نظر سے بچے تب تو۔

باہر بیلوں کی گھنٹیاں سنائی پڑیں۔ تینوں ہوشیار ہو گئے۔ بے چین ہو کر سنتے رہے۔

' اپنے ہی بیلوں کی گھنٹی ہے، کیوں ری چمپیا؟ '

چمپیا اور برجو نے تقریباً ایک ہی ساتھ کہا 'ہوں۔ ں۔'

' چپ! ' برجو کی ماں نے پھسپھسا کر کہا، ' شاید گاڑی بھی ہے، گھڑگھڑاتی ہے نا؟ '

' ہوں۔ ں۔' دونوں نے پھر ہونکار بھری۔

' چپ! گاڑی نہیں ہے۔ تو چپکے سے ٹٹی میں چھید کر کے دیکھ تو آ چمپی! بھاگ کے آ، چپکے چپکے۔'

چمپیا بلی کی طرح ہولے ہولے پاؤں سے ٹٹی کے چھید سے جھانک آئی، 'ہاں میّا، گاڑی بھی ہے! '

برجو ہڑبڑا کر اٹھ بیٹھا۔ اس کی ماں نے اُسے ہاتھ پکڑ کر سلادیا، 'بولو مت،'
چمپیا بھی گدڑی کے نیچے گھس گئی۔

باہر بیل گاڑی کھلنے کی آواز ہوئی۔ برجو کے باپ نے بیلوں کو زور سے ڈانٹا،
'ہاں، ہاں، آگئے گھر۔ گھر آنے کے لیے چھاتی پھٹی جاتی تھی!'

برجو کی ماں تاڑ گئی، ضرور ملدہیا ٹولی میں گانجے کی چلم چڑھ رہی تھی، آواز تو بڑی کھنکھناتی ہوئی نکل رہی ہے۔

'چمپیا!' باہر سے پکار کر اس کے باپ نے کہا 'بیلوں کو گھاس دے دے چمپیا!'

اندر سے کوئی جواب نہیں آیا۔ چمپیا کے باپ نے آنگن میں آکر دیکھا تو نہ روشنی نہ چراغ، نہ چولہے میں آگ۔ بات کیا ہے! ناچ دیکھنے، اتاولی ہو کر پیدل ہی چلی گئی کیا...

برجو کے گلے میں کھسکھساہٹ ہوئی اور اس نے روکنے کی پوری کوشش بھی کی، لیکن کھانسی جب شروع ہوئی تو پورے پانچ منٹ تک وہ کھانستا رہا۔

'برجو! بیٹا برج موہن!' برجو کے باپ نے پچکار کر بلایا، 'میّا غصّے کے مارے سو گئی کیا؟... ارے ابھی تو لوگ جا ہی رہے ہیں۔'

برجو کی ماں کے من میں آیا کہ کس کر جواب دے، نہیں دیکھنا ہے ناچ..... لوٹا دو گاڑی۔

'چمپیا! اٹھتی کیوں نہیں؟ لے دھان کی پنچ سیس رکھ دے۔' دھان کی بالیوں کا چھوٹا جھبّا جھونپڑی کے اوسارے پر رکھ کر اس نے کہا، 'دیا بالو۔'

برجو کی ماں اُٹھ کر اوسارے پر آئی' ڈیڑھ پہر رات کو گاڑی لانے کی کیا ضرورت تھی؟ ناچ تو اب ختم ہو رہا ہوگا۔'

ڈھبری کی روشنی میں دھان کی بالیوں کا رنگ دیکھتے ہی برجو کی ماں کے مَن کا سارا میل دور ہوگیا۔ دھانی رنگ اس کی آنکھوں سے اُتر کر رُواں رواں میں گھل گیا۔

'ناچ ابھی شروع بھی نہیں ہوا ہوگا۔ ابھی ابھی بلرام پور کے بابو کی کمپنی گاڑی موہن پور ہوٹل بنگلا سے حاکم صاحب کو لانے گئی ہے۔ اس سال آخری، ناچ ہے۔ پنچ سیس ٹٹّی میں کھونس دے، اپنے کھیت کا ہے!'

'اپنے کھیت کا؟' 'ملستی ہوئی برجو کی ماں نے پوچھا' 'پک گئے دھان؟'
'نہیں، دس دن میں اگہن چڑھتے چڑھتے لال ہو کر جھک جائیں گی سارے کھیت کی بالیاں۔ ملدہیا ٹولی جا رہا تھا، اپنے کھیت میں دھان دیکھ کر آنکھیں جڑا گئیں۔ سچ کہتا ہوں، پنج سیس توڑتے وقت انگلیاں کانپ رہی تھیں میری۔'
برجو نے دھان کی ایک بالی سے ایک دھان لے کر منہ میں ڈال لیا اور اس کی ماں نے ایک ہلکی سی ڈانٹ دی، 'کیسا لکڑ ہے تو رے۔ ان دشمنوں کے مارے کوئی نیم دھرم جو بچے۔'
'کیا ہوا، ڈانٹتی کیوں ہے؟'
'نوانن کے پہلے ہی نیا دھان جوٹھا کر دیا، دیکھتے نہیں؟'
'ارے، ان لوگوں کا سب کچھ معاف ہے۔ چڑی چُن مُن ہیں یہ لوگ۔ بس ہم دونوں کے منہ میں نوانن کے پہلے نیا انن نہ پڑے۔'
اس کے بعد چمپیا نے بھی دھان کی بال سے دو دھان لے کر دانتوں تلے دبایا، 'او میّا! اتنا میٹھا چاول۔'
'اور گمکتا بھی ہے نہ دیدیا!' برجو نے پھر منہ میں دھان لیا۔
'روٹی پوٹی تیار کر چکی کیا؟' برجو کے باپ نے مسکرا کر پوچھا۔
'نہیں!' مان بھری آواز میں برجو کی ماں بولی، 'جانے کا ٹھیک ٹھکانہ نہیں ..... اور روٹی بنتی ہے۔'
'واہ! خوب ہو تم لوگ ... جس کے پاس بیل ہے اسے گاڑی منگنی نہیں ملے گی بھلا؟ گاڑی والوں کو بھی کبھی بیل کی ضرورت ہوگی..... پوچھوں گا تب کوئری ٹولا والوں سے... لے جلدی سے روٹی بنا لے۔'
'دیر نہیں ہوگی؟'
'ارے ٹوکری بھر روٹی تو تو پلک مارتے بنا لیتی ہے، پانچ روٹیاں بننے میں کتنی دیر لگے گی۔'
اب برجو کی ماں کے ہونٹوں پر مسکراہٹ کھل کر کھیلنے لگی۔ اس نے نظر بچا کر دیکھا، برجو کا بپّا اس کی طرف ایک ٹک دیکھ رہا ہے۔ چمپیا اور برجو نہ ہوتے تو

مَن کی بات ہنس کر کھولتے دیر نہ لگتی۔ چمپیا اور برجو نے ایک دوسرے کو دیکھا اور خوشی سے ان کے چہرے جگمگا اٹھے ... میّا بیکار غصّہ ہو رہی تھی نا۔

'چمپی! ذرا گھیل سار میں کھڑی ہو کر مکھنی بوا کو آواز دے تو'

' اے بوا۔ ار سنتی ہو بوا! میّا بُلا رہی ہے'

بوا نے کوئی جواب سیدھے نہیں دیا لیکن اس کی بڑبڑاہٹ صاف سنائی پڑی، 'ہاں، اب بوا کو کیوں پکارتی ہے؟ سارے ٹولے میں بس ایک بوا ہی تو بنا ناتھ پگھیا والی ہے'

' اری بوا!' برجو کی ماں نے ہنس کر جواب دیا' 'اس وقت بُرا مان گئی تھی کیا؟ ناتھ پگھیا والے کو آکر دیکھو' دوپہر رات میں گاڑی لے کر آیا ہے۔ آجاؤ بوا۔ میں میٹھی روٹی پکانا نہیں جانتی'

بوا کا نکھتی کھانستی آئی ' اسی سے گھڑی پہر دن رہتے ہی پوچھ رہی تھی کہ ناچ دیکھنے جائے گی کیا؟ کہتی تو میں پہلے سے ہی اپنی انگیٹھی یہاں سلگا جاتی'

برجو کی ماں نے بوا کو انگیٹھی دکھلا دی اور کہا،' گھر میں اناج دانا وغیرہ تو کچھ ہے نہیں ہے۔ ایک یا گُڑ ہے اور کچھ برتن باسن۔ سو رات بھر کے لیے یہاں تمباکو رکھ جاتی ہوں۔ اپنا حقّہ لے آئی ہو نا بوا؟'

بوا کو تمباکو مل جائے تو رات بھر کیا پانچ رات بیٹھ کر جاگ سکتی ہے۔ بوا نے اندھیرے میں ٹٹول کر تمباکو کا اندازہ کیا ... اوہو! ہاتھ کھول کر تمباکو رکھا ہے برجو کی ماں نے۔ اور ایک وہ ہے سُہواین، رام کہو! اس رات کو افیم کی گولی کی طرح ایک مٹر بھر تمباکو رکھ کر چلی گئی گلاب باغ میلے اور کہہ گئی کہ ڈبّی بھر تمباکو ہے'

برجو کی ماں چولہا سلگانے لگی۔ چمپیا نے شکر قند کو مسل کر گولے بنائے اور برجو سر پر کڑھائی اوندھا کر اپنے آپ کو دکھلانے لگا،' ملیٹری ٹوپی! اس پر دس لاٹھی مارنے سے بھی کچھ نہیں ہوگا'

سبھی ٹھٹھا کر ہنس پڑے۔ برجو کی ماں ہنس کر بولی،' تاکھے پر تین چار موٹے شکر قند ہیں دے دو برجو کو، چمپیا، بے چارہ شام سے ہی ....'

' بے چارہ مت کہو میّا، خوب سچارہ ہے'! اب چمپیا چہکنے لگی ' تم کیا جانو'

کٹھری کے نیچے منہ کیوں چل رہا تھا بابو صاحب کا؟'
'ہی۔ ہی۔ ہی۔'
برجو کے ٹوٹے دودھ کے دانتوں کے درمیان سے آواز نکلی،' بلیک مارٹن میں پانچ شکر قند کھالیا۔ ہا! ہا! ہا!'
سبھی پھر ٹھٹھاکر ہنس پڑے۔ برجو کی ماں نے بوا کا من رکھنے کے لیے پوچھا،' ایک کنواں گڑ ہے۔ آدھا ڈال دوں بوا؟'
بوا نے گدگد ہوکر کہا،' اری شکر قند تو خود میٹھا ہوتا ہے، اتنا کیوں ڈالے گی۔'
جب تک دونوں بیل دانا گھاس کھاکر ایک دوسرے کے جسم کو زبان سے چاٹیں۔ برجو کی ماں تیار ہوگئی۔ چمپیا نے چھینٹ کی ساڑی پہنی اور برجو بٹن نہ ہونے کی وجہ سے پینٹ پر کپاس کی ڈوری باندھنے لگا۔
برجو کی ماں نے آنگن سے نکل گاؤں کی طرف کان لگاکر سننے کی کوشش کی،' اونہہ اتنی دیر تک بھلا پیدل جانے والے رکے رہیں گے۔'
پورنیما کا چاند سر پر آگیا ہے۔ برجو کی ماں نے اصلی چاندی کا منگ ٹیکا پہنا ہے آج پہلی بار۔ برجو کے بپا کو ہو کیا گیا ہے، گاڑی جوتتے کیوں نہیں، منہ کی طرف ایک ٹک دیکھ رہا ہے، مانو ناچ کی لال پان کی ...
گاڑی پر بیٹھتے ہی برجو کی ماں کے جسم میں ایک عجیب گدگدی سی لگنے لگی۔ اس نے بانس کی بلی کو پکڑ کر کہا،' گاڑی پر ابھی بہت جگہ ہے ... ذرا داہنی سڑک سے ہانکنا۔
بیل جب دوڑنے لگے اور پہیہ جب چوں چوں کر کے گھر گھرانے لگا تو برجو سے نہیں رہا گیا،' اڑن جہاز کی طرح اڑاؤ بپا!'
گاڑی جنگی کے پچھواڑے پہنچی۔ برجو کی ماں نے کہا،' ذرا جنگی سے پوچھو نا اس کی پتوہ ناچ دیکھنے چلی گئی کیا؟'
گاڑی رکتے ہی جنگی کے جھونپڑے سے آتی ہوئی رونے کی آواز واضح ہوگئی۔ برجو کے بپا نے پوچھا،' ارے جنگی بھائی، کاہے، کنّا روہٹ ہورہا ہے آنگن میں؟'
جنگی گھور تاپ رہا تھا، بولا،' کیا پوچھتے ہو، رنگی بلرام سے لوٹا نہیں، پتوہ ناچ دیکھنے کیسے جائے۔ آسرا دیکھتے دیکھتے ادھر گاؤں کی ساری عورتیں چلی گئیں۔

'اری ٹیشن والی، تو روتی ہے کاہے!' برجو کی ماں نے پکار کر کہا، 'آ، آ جھٹ سے کپڑا پہن کر۔ ساری گاڑی پڑی ہوئی ہے۔ رہنے جا دی! آجا جلدی!'

بغل کے جھونپڑے سے رادھے کی بیٹی سُنری نے کہا، 'کاکی گاڑی میں جگہ ہے؟ میں بھی جاؤں گی۔'

بانس کی جھاڑی کے اس پار لرینا خواص کا گھر ہے۔ اس کی بہو بھی نہیں گئی ہے۔ گلٹ کا جھُنکی کڑا پہن کر جھمکتی آرہی ہے۔

'آجا، جو باقی رہ گئی ہیں سب آجائیں جلدی۔'

جنگی کی بہو، لرینا کی بیوی اور رادھے کی بیٹی سُنری، تینوں گاڑی کے پاس آئیں۔ بیل نے پچھلا پیر پھینکا۔ برجو کے باپ نے ایک بھدّی گالی دی، 'سالا! لتاڑ مار کر لنگڑا ہی بنائے گا بہو کو۔'

سبھی ٹھٹھا کر ہنس پڑے۔ برجو کے باپ نے گھونگھٹ میں چھپی دونوں بہوؤں کو دیکھا۔ اسے اپنے کھیت کی جھکی ہوئی بالیوں کی یاد آگئی۔

جنگی کی بہو کا گونا تین ماہ پہلے ہی ہوا ہے۔ گونے کی رنگین ساڑی میں کڑوے تیل اور لٹھوا سیندور کی مہک آرہی ہے۔ برجو کی ماں کو اپنے گونے کی یاد آئی۔ اس نے کپڑے کی گٹھری سے تین میٹھی روٹیاں نکال کر کہا، 'کھالے ایک ایک کر کے۔ سمراہا کے سرکاری کنویں میں پانی پی لینا۔'

گاڑی گاؤں سے باہر ہو کر دھان کے کھیتوں کے بغل سے جانے لگی۔ چاندنی کارتک کی۔ کھیتوں میں دھان کے جھڑتے پھولوں کی خوشبو آتی ہے۔ بانس کی جھاڑی میں کہیں دودھی کی بیل پھولی ہے۔ جنگی کی بہو نے ایک بیڑی سلگا کر برجو کی ماں کی طرف بڑھائی۔ برجو کی ماں کو اچانک یاد آئی، چمپیا، سنری، لرینا کی بیوی اور جنگی کی بہو، یہ چاروں ہی تو گاؤں میں بیسکوپ کا گیت گانا جانتی ہیں۔ خوب!

گاڑی کی لکیر دھان کے کھیتوں کے درمیان ہو کر گئی ہے۔ چاروں طرف گونے کی ساڑی کی کھسکھساہٹ جیسی آواز ہوتی ہے۔ برجو کی ماں کے ماتھے کی منگ ٹیکے پر چاندنی چھٹکتی ہے۔

'اچھا، اب ایک بیسکوپ کا گیت گا تو چمپیا۔ ڈرتی ہے کاہے؟ جہاں

بھول جاؤ گی بغل میں ماسٹرنی تو بیٹھی ہی ہے!'

دونوں بہوؤں نے تو نہیں لیکن چمپا اور سنری نے کھنکھار کر گلا صاف کیا۔

برجو کے باپ نے بیلوں کو للکارا، 'چل بھیّا! اور زور سے!... گا رے چمپیا نہیں تو میں بیلوں کو دھیرے دھیرے چلنے کو کہوں گا!'

جنگی کی بہو نے چمپیا کے کان کے پاس گھونگھٹ لے جا کر کہا اور چمپیا نے دھیرے سے شروع کیا، 'چندا کی چاندنی...'

برجو کو گود میں لے کر بیٹھی اس کی ماں کی خواہش ہوئی کہ وہ بھی ساتھ ساتھ گیت گائے۔ برجو کی ماں نے جنگی کی بہو کی طرف دیکھا، وہ بھی دھیرے دھیرے گنگنا رہی ہے۔ کتنی پیاری بہو ہے۔ گونے کی ساڑی سے ایک خاص قسم کی مہک نکلتی ہے۔ ٹھیک ہی تو کہا ہے اس نے۔ برجو کی ماں بیگم ہے، لال پان کی بیگم۔ یہ تو کوئی بُری بات نہیں۔ ہاں، وہ سچ مچ لال پان کی بیگم ہے۔

برجو کی ماں نے اپنی ناک پر دونوں آنکھوں کو مرکوز کرنے کی کوشش کر کے اپنے روپ کی جھانکی لی، سرخ ساڑی کی جھلمل کناری، منگ ٹیکا پر چاند۔ برجو کی ماں کے من میں اب اور کوئی خواہش نہیں۔ اسے نیند آ رہی ہے۔

موہن راکیش

ملبے کا مالک

پورے ساڑھے سات سال کے بعد وہ لوگ لاہور سے امرت سر آئے تھے۔ ہاکی کا میچ دیکھنے کا تو بہانہ ہی تھا، ان کی زیادہ خواہش ان گھروں اور بازاروں کو پھر سے دیکھنے کی تھی جو، ساڑھے سات سال پہلے ان کے لیے پرائے ہو گئے تھے۔ ہر سڑک پر مسلمانوں کی کوئی نہ کوئی ٹولی گھومتی نظر آتی تھی۔ ان کی آنکھیں اس اصرار کے ساتھ وہاں کی ہر چیز کو دیکھ رہی تھیں، جیسے وہ شہر معمولی شہر نہ ہو کر ایک اچھا خاصا توجہ کا مرکز رہا ہو۔

تنگ بازار میں سے گزرتے ہوئے وہ ایک دوسرے کو پرانی چیزوں کی یاد دلا رہے تھے... دیکھ — فتح دینا، مصری بازار میں اب مصری کی دکانیں پہلے سے کتنی کم رہ گئی ہیں... اس نکڑ پر سکھی بھٹیارن کی بھٹی تھی، جہاں اب یہ پان والا بیٹھا ہے... یہ نمک منڈی دیکھ لو، خان صاحب! یہاں کی ایک ایک لائن وہ نمکین ہوتی ہے کہ بس.....

بہت دنوں کے بعد بازاروں میں تُرّے دار اور لال ترکی ٹوپیاں نظر آ رہی تھیں۔ لاہور سے آئے مسلمانوں میں کافی تعداد ایسے لوگوں کی تھی، جنھیں تقسیم کے وقت مجبور ہو کر امرتسر چھوڑ کر جانا پڑا تھا۔ ساڑھے سات سال میں آئی ضروری تبدیلیوں کو دیکھ کر کہیں ان کی آنکھوں میں حیرانی بھر جاتی اور کہیں افسوس گھر آتا — واللہ، کٹڑہ جے مل سنگھ اتنا چوڑا کیسے ہو گیا؟ کیا اس طرف کے سب کے سب مکان

جل گئے ؟ ... یہاں حکیم آصف علی کی دُکان تھی نا ؟ اب یہاں ایک موچی نے قبضہ کر رکھا ہے۔

اور کہیں کہیں ایسے بھی جملے سنائی دیے جاتے — دلی، یہ مسجد جوں کی توں کھڑی ہے ؟ ان لوگوں نے اس کا گوردوارہ نہیں بنا دیا ؟

جس راستے سے بھی پاکستانیوں کی ٹولی گزرتی، شہر کے لوگ تجسس سے ان کی طرف دیکھتے رہتے۔ کچھ لوگ اب بھی مسلمانوں کو آتے دیکھ کر مشکوک — سے راستے سے ہٹ جاتے، جب کہ دوسرے آگے بڑھ کر بغل گیر ہونے لگتے۔ زیادہ تر وہ نوواردوں سے ایسے ایسے سوال پوچھتے کہ آج کل لاہور کا کیا حال ہے ؟ انار کلی میں اب پہلے جتنی رونق ہوتی ہے یا نہیں ! سنا ہے شاہ عالمی گیٹ کا بازار پورا نیا بنا ہے ؟ کرشن نگر میں تو خاص تبدیلی نہیں آئی ؟ وہاں کا رشوت پورا کیا واقعی رشوت کے پیسے سے بنا ہے ؟ کہنے ہیں پاکستان میں اب برقعہ بالکل اڑ گیا ہے، یہ ٹھیک ہے ؟ ..... ان سوالوں میں اتنا اپنا پن جھلکتا تھا کہ لگتا تھا، لاہور ایک شہر نہیں، ہزاروں لوگوں کا سگا رشتہ دار ہے، جس کے حالات جاننے کے لیے وہ بے چین ہیں۔ لاہور سے آئے ہوئے لوگ اس دن شہر بھر کے مہمان تھے، جن سے مل کر اور باتیں کر کے لوگوں کو خواہ مخواہ خوشی کا احساس ہوتا تھا۔

بازار بانسہ امرتسر کا ایک پچھڑا سا بازار ہے، جو تقسیم سے پہلے غریب مسلمانوں کی بستی تھی۔ وہاں زیادہ تر بانس اور شہتیروں کی ہی دُکانیں تھیں، جو ساری کی ساری ایک ہی آگ میں جل گئی تھیں۔ بازار بانسہ کی وہ آگ امرتسر کی سب سے بھیانک آگ تھی، جس سے کچھ دیر کے لیے تو سارے شہر کے جل جانے کا اندیشہ پیدا ہو گیا تھا۔ بازار بانسہ کے آس پاس کے کئی محلوں کو تو اس آگ نے اپنی لپیٹ میں لے ہی لیا تھا۔ خیر، کسی طرح وہ آگ قابو میں آ تو گئی، لیکن اس میں مسلمانوں کے ایک ایک گھر کے ساتھ ہندوؤں کے بھی چار چار، چھ چھ گھر جل کر راکھ ہو گئے، مگر جگہ جگہ ملبے کے ڈھیر اب بھی موجود تھے۔ نئی عمارتوں کے بیچ بیچ میں ملبے کے ڈھیر عجیب ہی ماحول پیش کرتے تھے۔

بازار بانسہ میں اس دن بھی چہل پہل نہیں تھی، کیوں کہ اس بازار کے زیادہ تر

باشندے تو اپنے مکانوں کے ساتھ ہی شہید ہو گئے تھے اور جو بچ کر چلے گئے تھے، ان میں سے شاید کسی میں بھی لوٹ کر آنے کی ہمت باقی نہیں رہی تھی۔ صرف ایک دُبلا پتلا بوڑھا مسلمان ہی اس ویران بازار میں آیا اور وہاں کی نئی اور جلی ہوئی عمارتوں کو دیکھ کر جیسے بھول بھلیاں میں پڑ گیا۔ بائیں ہاتھ کو جانے والی گلی کے پاس پہنچ کر اس کے قدم اندر مڑنے کو ہوئے، مگر پھر وہ، ہچکچا کر وہاں باہر ہی کھڑا رہ گیا، جیسے اسے یقین نہیں ہوا کہ وہ وہی گلی ہے یا نہیں، جس میں وہ جانا چاہتا ہے۔ گلی میں ایک طرف کچھ بچے کیڑا کیڑا کھیل رہے تھے اور کچھ فاصلے پر دو عورتیں اونچی آواز میں چیختی ہوئی ایک دوسرے کو گالیاں دے رہی تھیں۔

'سب کچھ بدل گیا، مگر بولیاں نہیں بدلیں!' بوڑھے مسلمان نے دھیمی آواز میں اپنے سے کہا اور چھڑی کا سہارا لیے کھڑا رہا۔ اس کے گھٹنے پاجامے سے باہر نکل رہے تھے اور گھٹنوں کے تھوڑا اوپر ہی اس کی شیروانی میں تین چار پیوند لگے تھے۔ گلی سے ایک بچہ روتا ہوا باہر آ رہا تھا۔ اس نے اسے پچکار کر پکارا، 'ادھر آ، بیٹے، ادھر! دیکھ تجھے چیز دیں گے، آ،' اور وہ اپنی جیب میں ہاتھ ڈال کر اسے دینے کے لیے کوئی چیز ڈھونڈنے لگا۔ بچہ پل بھر کے لیے چُپ ہو گیا، لیکن پھر اس نے ہونٹ ٹیڑھے کر لیے اور رونے لگا۔ ایک سولہ سترہ برس کی لڑکی گلی کے اندر سے دوڑتی ہوئی آئی اور بچے کی بانہہ پکڑ کر اسے گھسیٹتی ہوئی گلی میں لے چلی۔ بچہ رونے کے ساتھ ساتھ اپنی بانہہ چھڑانے کے لیے مچلنے لگا۔ لڑکی نے اسے بانہوں میں اٹھا کر اپنے ساتھ چپکا لیا اور اس کا منہ چومتی ہوئی بولی، 'چُپ کر، میرا ویر! روئے گا تو تجھے وہ مسلمان پکڑ کر لے جائے گا، میں واری جاؤں، چپ کر!'

بڈھے مسلمان نے بچے کو دینے کے لیے جو پیسہ نکالا تھا وہ واپس جیب میں رکھ لیا۔ سر سے ٹوپی اُتار کر اس نے وہاں تھوڑا کھجلایا اور ٹوپی بغل میں دبالی۔ اس کا گلا خشک ہو رہا تھا اور گھٹنے ذرا ذرا کانپ رہے تھے۔ اس نے گلی کے باہر کی بند دُکان کے تختے کا سہارا لے لیا اور ٹوپی پھر سے سر پر لگا لی۔ گلی کے سامنے جہاں پہلے اونچے اونچے شہتیر رکھے رہتے تھے، وہاں اب ایک سہ منزلہ مکان کھڑا تھا۔ سامنے بجلی کے تار پر دو موٹی موٹی چیلیں بالکل جڑ ہو کر بیٹھی تھیں۔ بجلی کے کھمبے

کے پاس تھوڑی دھوپ تھی۔ وہ کئی پل دھوپ میں اڑتے ہوئے ذرّوں کو دیکھتا رہا۔ پھر اس کے منہ سے نکلا، 'یا مالک!'

ایک نوجوان چابیوں کا گچھا گھماتا ہوا گلی کی طرف آیا اور بڑھے کو کھڑا دیکھ کر اس نے رک کر پوچھا، 'کہیے، میاں جی، یہاں کس طرح کھڑے ہیں؟'

بڑھے مسلمان کی چھاتی اور بانہوں میں ہلکی سی کنکپنی ہوئی اور اس نے ہونٹوں پر زبان پھیر کر نوجوان کو دھیان سے دیکھتے ہوئے پوچھا، 'بیٹے، تیرا نام منوری نہیں ہے؟'

نوجوان نے چابیوں کا گچھا ہلانا بند کر کے مٹھی میں لے لیا اور حیرت کے ساتھ پوچھا، 'آپ کو میرا نام کیسے پتہ ہے؟'

ساڑھے سات سال پہلے تو بیٹے، اتنا سا تھا' کہہ کر بڑھے نے مسکرانے کی کوشش کی۔

'آپ آج پاکستان سے آئے ہیں؟' منوری نے پوچھا۔

'ہاں! مگر پہلے ہم اسی گلی میں رہتے تھے' بڑھے نے کہا، 'میرا لڑکا چراغ دین تم لوگوں کا درزی تھا۔ تقسیم کے چھ مہینے پہلے ہم لوگوں نے یہاں اپنا نیا مکان بنایا تھا۔'

'او، غنی میاں!' منوری نے پہچان کر کہا۔

'ہاں بیٹے! میں تم لوگوں کا غنی میاں ہوں! چراغ اور اس کے بیوی بچّے تو نہیں مل سکتے، مگر میں نے کہا کہ ایک بار مکان کی صورت ہی دیکھ لوں'، اور اُس نے ٹوپی اُتار کر سر پر ہاتھ پھیرتے ہوئے آنسوؤں کو بہنے سے روک لیا۔

'آپ تو شاید کافی پہلے ہی یہاں سے چلے گئے تھے'، منوری نے آواز میں ہمدردی لاکر کہا۔

'ہاں بیٹے! یہ میری بدبختی تھی کہ پہلے اکیلا نکل کر چلا گیا۔ یہاں رہتا تو ان کے ساتھ میں بھی ......'، اور کہتے کہتے اسے احساس ہوگیا کہ اسے ایسی بات نہیں کہنی چاہیے۔ اس نے بات منہ میں روک لی، مگر آنکھ میں آئے ہوئے آنسوؤں کو بہہ جانے دیا۔

'چھوڑو غنی میاں، اب بیتی باتوں کو سوچنے میں کیا رکھا ہے؟' منوری نے غنی کی بانہہ پکڑ کر کہا، 'چلو، تمھیں تمہارا گھر دکھادوں؟'

گلی میں خبر اس طرح پھیلی تھی کہ گلی کے باہر ایک مسلمان کھڑا ہے، جو رام داس کے لڑکے کو اٹھانے جا رہا تھا..... اس کی بہن اسے پکڑ کر گھسیٹ لائی، نہیں تو مسلمان اسے لے گیا ہوتا۔ یہ خبر پاتے ہی جو عورتیں گلی میں پیچھے پیڑھے بچھا کر بیٹھی تھیں۔ وہ اپنے اپنے پیڑھے اُٹھا کر گھروں کے اندر چلی گئیں۔ گلی میں کھیلتے ہوئے بچّوں کو بھی ان عورتوں نے پکار پکار کر گھروں میں بلا لیا۔ منوری جب غنی کو لے کر گلی میں آیا تو گلی میں ایک پھیری والا رہ گیا تھا یا کنویں کے ساتھ اُگے پیپل کے نیچے رکھا پہلوان بکھر کر سویا تھا۔ گھروں کی کھڑکیوں میں سے اور دروازوں کے پیچھے سے البتہ کئی چہرے جھانک رہے تھے۔ غنی کو گلی میں آتے دیکھ کر ان میں ہلکی ہلکی چہ میگوئیاں شروع ہوگئیں۔ داڑھی کے سارے بال سفید ہو جانے کے بعد لوگوں نے چراغ دین کے باپ عبدالغنی کو پہچان لیا تھا۔

'وہ تھا تمہارا مکان!' منوری نے دور سے ایک ملبے کی طرف اشارہ کیا۔ غنی پل بھر کے لیے ٹھٹھک کر پھٹی پھٹی آنکھوں سے اس کی طرف دیکھتا رہا۔ چراغ اور اس کی بیوی بچّوں کی موت کو وہ کافی عرصہ پہلے قبول کر چکا تھا، مگر اپنے نئے مکان کو اس روپ میں دیکھ کر اسے جھرجھری ہوئی، اس کے لیے وہ تیار نہیں تھا۔ اس کی زبان پہلے سے زیادہ خشک ہوگئی اور گھٹنے بھی اور زیادہ کانپنے لگے۔

'وہ ملبہ؟' اس نے غیر یقینی کی آواز میں پوچھا۔

منوری نے اس کے چہرے کا بدلتا ہوا رنگ دیکھا۔ اس کی بانہہ کو اور سہارا دے کر ٹھہرے ہوئے آواز میں جواب دیا، 'تمہارا مکان انھیں دنوں جل گیا تھا۔'

غنی چھڑی کا سہارا لیتا ہوا کسی طرح ملبے کے پاس پہنچ گیا۔ ملبے میں اب مٹی ہی مٹی تھی، جس میں جہاں تہاں ٹوٹی اور جلی ہوئی اینٹیں پھنسی تھیں۔ لوہے اور لکڑی کا سامان اس میں سے نہ جانے کب کا نکال لیا گیا تھا۔ صرف جلے ہوئے دروازے کا چوکھٹ نہ جانے کیسے باقی رہ گیا تھا، جو ملبے میں سے باہر کو نکلا ہوا تھا۔ پیچھے کی طرف دو جلی الماریاں تھیں، جن کی سیاہی پر سفیدی کی ہلکی ہلکی تہہ

اُبھر آئی تھی۔ ملبے کو پاس سے دیکھ کر غنی نے کہا، 'یہ باقی رہ گیا ہے' یہ؟
اور جیسے اس کے گھٹنے جواب دے گئے اور وہ جلے ہوئے چوکھٹ کو پکڑ کر بیٹھ گیا۔
پل بھر بعد اس کا سر بھی چوکھٹ سے جا لگا اور اس کے منہ سے بلکنے کی سی آواز نکلی۔
'ہائے! اوئے چراغ دینا!'

جلے ہوئے کواڑ کا چوکھٹ ساڑھے سات سال ملبے میں سے سر نکالے کھڑا تو رہا تھا؛ مگر اس کی لکڑی بری طرح بُھربُھرا گئی تھی۔ غنی کے سر کے چھونے سے اس کے کئی ریشے جھڑ کر بکھر گئے۔ کچھ ریشے غنی کی ٹوپی اور بالوں پر آگرے۔ لکڑی کے ریشوں کے ساتھ ایک کینچوا بھی نیچے گرا، جو غنی کے پیر سے چھ آٹھ انچ دور نالی کے ساتھ لگی اینٹوں کی پٹری پر سرسرانے لگا۔ وہ اپنے لیے سوراخ ڈھونڈتا ہوا ذرا سا سر اٹھاتا، مگر دو ایک بار سر پٹخ کر اور مایوس ہو کر دوسری جانب کو مڑ جاتا۔

کھڑکیوں میں سے جھانکنے والوں کے چہروں کی تعداد اب پہلے سے کہیں بڑھ گئی تھی۔ ان میں چہ میگوئیاں چل رہی تھیں کہ آج کچھ نہ کچھ ضرور ہوگا..... چراغ دین کا باپ غنی آگیا ہے' اس لیے ساڑھے سات سال پہلے کا سارا واقعہ کھل جائے گا۔ لوگوں کو لگ رہا تھا، جیسے وہ ملبہ ہی غنی کو ساری کہانی سنا دے گا کہ شام کے وقت چراغ اوپر کے کمرے میں کھانا کھا رہا تھا، جب رکھے پہلوان نے اسے نیچے بلایا کہ وہ ایک منٹ آکر ایک ضروری بات سن جائے.... پہلوان ان دنوں گلی کا بادشاہ تھا۔ ہندوؤں پر ہی اس کا کافی دبدبہ تھا؛ چراغ تو خیر مسلمان تھا۔ چراغ ہاتھ کا لقمہ درمیان میں ہی چھوڑ کر نیچے اتر آیا۔ اس کی بیوی زبیدہ اور دونوں لڑکیاں، کشور اور سلطانہ کھڑکیوں میں سے نیچے جھانکنے لگیں۔ چراغ نے ڈیوڑھی سے باہر قدم رکھا ہی تھا کہ پہلوان نے اسے قمیص کے کالر سے پکڑ کر کھینچ لیا اور گلی میں گرا کر اس کی چھاتی پر چڑھ بیٹھا۔ چراغ اس کا چھرے والا ہاتھ پکڑ کر چلایا' 'نہ۔ رکھے پہلوان، مجھے مت مار! ہائے! کوئی مجھے بچاؤ! زبیدہ، مجھے بچا!' اور اوپر زبیدہ، کشور اور سلطانہ بے بس آواز میں چلائیں۔ زبیدہ چیختی ہوئی نیچے ڈیوڑھی کی طرف بھاگی۔ رکھے کے ایک شاگرد نے چراغ کی جدوجہد کرتی ہوئی بانہیں پکڑ لیں اور رکھا اس کی جانگھوں کو گھٹنے سے دباتے ہوئے بولا، 'چیختا

کیوں ہے، بھین کے .... تجھے پاکستان دے رہا ہوں، لے!' اور زبیدہ کے نیچے پہنچنے سے پہلے ہی چراغ کو پاکستان دے دیا۔

آس پاس کے گھروں کی کھڑکیاں بند ہو گئیں۔ جو لوگ اس منظر کے گواہ تھے، انھوں نے دروازے بند کر کے اپنے کو اس حادثے کی ذمّہ داری سے الگ کر لیا۔ بند دروازوں میں بھی انھیں دیر تک زبیدہ، کشور اور سلطانہ کے چیخنے کی آوازیں سنائی دیتی رہیں۔ رکھّے پہلوان اور اس کے ساتھیوں نے انھیں بھی اسی رات پاکستان دے کر رخصت کر دیا، مگر دوسرے طویل راستے سے۔ ان کی لاشیں چراغ کے گھر میں نہ مل کر بعد میں نہر کے پانی میں پائی گئیں۔

دو دن تک چراغ کے گھر کی چھان بین ہوتی رہی تھی۔ جب اس کا سارا سامان لوٹا جا چکا تو نہ جانے کس نے اس گھر کو آگ لگا دی۔ رکھّے پہلوان نے قسم کھائی تھی کہ وہ آگ لگانے والے کو زندہ زمین میں گاڑ دے گا، کیوں کہ اس نے اس مکان پر نظر رکھ کر ہی چراغ کو مارنے کا ارادہ کیا تھا۔ اس نے اس مکان کو شُدھ کرنے کے لیے ہَون کا سامان بھی خرید رکھا تھا۔ مگر آگ لگانے والے کا پتہ نہ چل سکا، اسے زندہ گاڑنے کی نوبت تو بعد میں آتی۔ اب ساڑھے سات سال سے رکھّا پہلوان اس ملبے کو اپنی جاگیر سمجھتا آ رہا تھا، جہاں نہ وہ کسی کو گائے بھینسیں باندھنے دیتا تھا اور نہ کھومچہ لگانے دیتا تھا۔ اس ملبے سے بغیر اس کی اجازت کے کوئی اینٹ بھی نہیں اُٹھا سکتا تھا۔

لوگ امید کر رہے تھے کہ یہ ساری کہانی کسی نہ کسی طرح غنی کے کانوں تک پہنچ جائے گی ..... جیسے ملبے کو دیکھ کر اپنے آپ ہی سارے واقعہ کا پتہ چل جائے گا۔ اور غنی ملبے کی مٹی ناخنوں سے کھود کھود کر اپنے اوپر ڈال رہا تھا اور دروازے کے چوکھٹ کو بانہہ میں لیے رو رہا تھا، 'بول، چراغ دینا۔ بول! تو کہاں چلا گیا، اوئے؟ او کشور! او سلطانہ! ہائے میرے بچّے اوئے .. ! غنی کو کہاں چھوڑ دیا، اوئے ... ئے ..'

اور بُھربُھرے دروازے سے لکڑی کے ریشے جھڑتے جا رہے تھے۔

پیپل کے نیچے سوئے ہوئے رکھّے پہلوان کو جانے کسی نے جگا دیا، یا وہ خود ہی جاگ گیا۔ یہ جان کر کہ پاکستان سے عبد الغنی آیا ہے اور اپنے مکان کے ملبے پر بیٹھا

ہے، اس کے گلے میں تھوڑا جھاگ اٹھ آیا، جس سے اُسے کھانسی ہو آئی اور اس نے کنوئیں کے فرش پر تھوک دیا۔ ملبے کی طرف دیکھ کر اس کی چھاتی سے دھونکنی کی سی آواز نکلی اور اس کا نچلا ہونٹ تھوڑا باہر کو پھیل گیا۔

'غنی اپنے ملبے پر بیٹھا ہے،' اس کے شاگرد لچھے پہلوان نے اس کے پاس آکر بیٹھتے ہوئے کہا۔

'ملبہ اس کا کیسے ہے؟ ملبہ ہمارا ہے!' پہلوان نے جھاگ کی وجہ سے گھراتی ہوئی آواز میں کہا۔

'مگر وہ وہاں پر بیٹھا ہے،' لچھے نے آنکھوں میں حیرانگی لاکر کہا۔

'بیٹھا ہے، بیٹھا رہے، تو چلم لا!' اس کی ٹانگیں تھوڑی پھیل گئیں اور اس نے اپنی ننگی جانگھوں پر ہاتھ پھیرا۔

'منوری نے اگر اسے کچھ بتایا، بتایا تو .....' لچھے نے چلم بھرنے کے لیے اٹھتے ہوئے اسی پُر اسرار نگاہوں سے دیکھ کر کہا۔

'منوری کی شامت آئی ہے؟'

لچھا چلا گیا۔

کنوئیں پر پیپل کی کئی پرانی پتیاں بکھری تھیں۔ رکھا ان پتیوں کو اٹھا اٹھا کر ہاتھوں میں مسلتا رہا۔ جب لچھے نے چلم کے نیچے کپڑا لگا کر اس کے ہاتھوں میں دیا، تو اس نے کش کھینچتے ہوئے پوچھا، 'اور تو کسی سے غنی کی بات نہیں ہوئی؟'

'نہیں!'

'لے!' اور اس نے کھانستے ہوئے چلم لچھے کے ہاتھ میں دے دی۔ لچھے نے دیکھا کہ منوری ملبے کی طرف سے غنی کی بانہہ پکڑے ہوئے آرہا ہے۔ وہ اکڑوں ہو کر چلم کے لمبے لمبے کش کھینچنے لگا۔ اس کی آنکھ آدھا لمحہ رکھے کے چہرے پر ٹکتی اور آدھا لمحہ غنی کی طرف لگی رہتیں۔

منوری غنی کی بانہہ پکڑے ہوئے اس سے ایک قدم آگے چل رہا تھا، جیسے اس کی کوشش ہو کہ غنی کنوئیں کے پاس سے بغیر رکھے پہلوان کو دیکھے ہی نکل جائے۔ مگر رکھا جس طرح بکھر کر بیٹھا تھا، اس سے غنی نے اسے دور سے ہی دیکھ لیا۔ کنوئیں

کے پاس پہنچتے نہ پہنچتے اس کی دونوں باہیں پھیل گئیں اور اس نے کہا، 'رکھے پہلوان!'

رکھے نے گردن اٹھا کر اور آنکھیں ذرا چھوٹی کر کے اسے دیکھا۔ اس کے گلے سے غیر واضح سی گھبراہٹ ہوئی، لیکن وہ بولا کچھ نہیں۔

'رکھے پہلوان، مجھے پہچانا نہیں؟' غنی نے باہیں نیچی کر کے کہا، 'میں غنی ہوں، عبدالغنی، چراغ دین کا باپ!'

پہلوان نے مشکوک نگاہوں سے اس کا اوپر سے نیچے تک جائزہ لیا۔ عبدالغنی کی آنکھوں میں اسے دیکھ کر چمک آ گئی تھی۔ سفید داڑھی کے نیچے اس کے چہرے کی جھرّیاں ذرا پھیل گئی تھیں۔ رکھے کا نچلا ہونٹ پھڑکا۔ پھر اس کی چھاتی سے بھاری سی آواز نکلی، 'سنا، غنیا!'

غنی کی باہیں پھر پھیلنے کو ہوئیں، لیکن پہلوان پر کوئی ردعمل نہ دیکھ کر اسی طرح رہ گئیں۔ وہ پیپل کے تنے کا سہارا لے کر کنوئیں کے سل پر بیٹھ گیا۔

اوپر کھڑکیوں میں چہ میگوئیاں تیز ہو گئیں، کہ اب دونوں آمنے سامنے آ گئے ہیں تو بات ضرور کھلے گی.... پھر ہو سکتا ہے کہ دونوں میں گالی گلوچ بھی ہو.... اب رکھا غنی کو کچھ نہیں کہہ سکتا، اب وہ دن نہیں رہے.... بڑا ملبے کا مالک بنتا تھا۔ اصل میں ملبہ نہ اس کا ہے نہ غنی کا۔ ملبہ تو سرکار کی ملکیت ہے.... مردود کسی کو وہاں گائے کا کھونٹا تک لگانے نہیں دیتا... منوری بھی ڈرپوک ہے۔ اس نے غنی کو بتایا کیوں نہیں کہ رکھے نے ہی چراغ اور اس کے بیوی بچّوں کو مارا ہے...... رکھا آدمی نہیں سانڈ ہے۔ دن بھر سانڈ کی طرح گلی میں گھومتا ہے..... غنی بے چارہ کتنا دبلا ہو گیا ہے؟ داڑھی کے سارے بال سفید ہو گئے ہیں.....

غنی نے کنوئیں کی سل پر بیٹھ کر کہا، 'دیکھ، رکھے پہلوان، کیا سے کیا ہو گیا ہے؟ بھرا پورا گھر چھوڑ کر گیا تھا اور آج یہاں مٹی دیکھنے آیا ہوں۔ بسے ہوئے گھر کی یہی نشانی رہ گئی ہے۔ تو سچ پوچھے رکھے، تو میرا یہ مٹی بھی چھوڑ کر جانے کو جی نہیں کرتا!' اور اس کی آنکھیں چھل چھلا آئیں۔

پہلوان نے اپنی پھیلی ہوئی ٹانگیں سمیٹ لیں اور گمچھا کنوئیں کی منڈیر سے اٹھا کر کندھے پر ڈال دیا۔ لچھے نے چلم اس کی طرف بڑھا دی اور وہ کش کھینچنے لگا۔

'تو بتا، رکھے، یہ سب ہوا کس طرح ؟' غنی آنسو روکتا ہوا اصرار کے ساتھ بولا، 'تم لوگ اس کے پاس تھے، سب میں بھائی بھائی کی سی محبت تھی، اگر وہ چاہتا تو وہ تم میں سے کسی کے گھر میں نہیں چھپ سکتا تھا ؟ اُسے اتنی بھی سمجھ نہیں آئی ؟'

'ایسا ہی ہے !' رکھے کو خود لگا کہ اس کی آواز میں کچھ غیر فطری سی گونج ہے۔ اس کے ہونٹ گاڑھے رال سے چپک گئے تھے۔ اس کی مونچھوں کے نیچے سے پسینہ اس کے ہونٹوں پر آ رہا تھا۔ اس کے ماتھے پر کسی چیز کا دباؤ پڑ رہا تھا اور اس کی ریڑھ کی ہڈی سہارا چاہ رہی تھی۔

'پاکستان کا کیا حال ہے ؟' اس نے اسی آواز میں پوچھا۔ اس کے گلے کی نسوں میں تناؤ آ گیا تھا۔ اس نے گمچھے سے بغلوں کا پسینہ پوچھا اور گلے کا جھاگ منہ میں کھینچ کھینچ کر گلی میں تھوک دیا۔

'میں کیا حال بتاؤں، رکھے !' غنی دونوں ہاتھوں سے چھڑی پر زور دیتے ہوئے بولا 'میرا حال پوچھے تو وہ میرا خدا ہی جانتا ہے۔ میرا چراغ ساتھ ہوتا، تو اور بات تھی۔ ... رکھے، میں نے اسے کتنا سمجھایا تھا کہ میرے ساتھ چلا چل۔ مگر وہ اڑا رہا کہ نیا مکان چھوڑ کر کیسے جاؤں، یہاں اپنی گلی ہے، کوئی خطرہ نہیں ہے۔ بھولے کبوتر نے یہ نہیں سوچا کہ گلی میں خطرہ نہ سہی، باہر سے تو خطرہ آ سکتا ہے ؟ مکان کی رکھوالی کے لیے چاروں نے جان دے دی۔ رکھے، اسے تیرا بہت بھروسہ تھا۔ کہتا تھا کہ رکھے کے رہتے کوئی میرا کچھ نہیں بگاڑ سکتا۔ مگر جب آنی آئی تو رکھے کے روکے بھی نہ رُک سکی !'

رکھے نے سیدھا ہونے کی کوشش کی، کیوں کہ ریڑھ کی ہڈی درد کر رہی تھی۔ اسے اپنی کمر اور جانگھوں کے جوڑ پر سخت دباؤ محسوس ہو رہا تھا۔ پیٹ کی آنتوں کے پاس جیسے کوئی چیز اس کی سانس کو جکڑ رہی تھی۔ اس کا سارا جسم پسینے سے بھیگ گیا تھا اور اس کے پیروں کے تلووں میں چنچناہٹ ہو رہی تھی۔ بیچ بیچ میں نیلی پھل جھڑیاں سی اوپر سے اترتیں اور اس کی آنکھوں کے سامنے سے تیرتی ہوئی نکل جاتیں۔ اُسے اپنی زبان اور ہونٹوں کے درمیان کا فرق کچھ زیادہ محسوس ہو رہا تھا۔ اس نے گمچھے سے ہونٹوں کے کونوں کو صاف کیا اور اس کے منہ سے

نکلا، 'ہے پربھو! سچّی آ، تو ہی ہے، تو ہی ہے، تو ہی ہے!'

غنی نے اندازہ کیا کہ پہلوان کے ہونٹ سوکھ رہے ہیں اور اس کی آنکھوں کے اردگرد دائرے گہرے ہو آئے ہیں، تو وہ اس کے کندھے پر ہاتھ رکھ کر بولا، 'جی ہلکا نہ کر، رکھیا! جو ہونی تھی سو ہو گئی۔ اُسے کوئی لوٹا تھوڑے ہی سکتا ہے؟ خدا نیک کی نیکی رکھے اور بد کی بدی معاف کرے۔ میرے لیے چراغ نہیں، تو تم لوگ تو ہو۔ مجھے آکر اتنی ہی تسلی ہوئی کہ اس زمانے کی کوئی تو یادگار ہے۔ میں نے تم کو دیکھ لیا، تو چراغ کو دیکھ لیا۔ اللہ تم لوگوں کو صحت مند رکھے۔ جیتے رہو اور خوشیاں دیکھو!' اور غنی چھڑی پر دباؤ دے کر اٹھ کھڑا ہوا۔ چلتے ہوئے اس نے پھر کہا، 'رکھے پہلوان' یاد رکھنا!'

رکھے کے گلے سے اقرار کی مدھم سی آواز نکلی۔ گمچھا بیچ میں لیے ہوئے اس کے دونوں ہاتھ جڑ گئے۔ غنی گلی کے ماحول کو حسرت بھری نگاہ سے دیکھتا ہوا دھیرے دھیرے گلی سے باہر چلا گیا۔

اوپر کھڑکیوں میں تھوڑی دیر چہ میگوئیاں چلتی رہیں کہ منوری نے گلی کے باہر نکل کر ضرور غنی کو سب کچھ بتا دیا ہوگا ..... غنی کے سامنے رکھے کا تالو کس طرح خشک ہو گیا تھا؟ .... رکھا اب کس منہ سے لوگوں کو ملبے پر گائے باندھنے سے روکے گا؟ ... بے چاری زبیدہ! بے چاری کتنی اچھی تھی۔ کبھی کسی سے ہلکا بول نہیں بولی ..... رکھے مردود کا گھر، نہ گھاٹ، اسے کس ماں بہن کا لحاظ تھا؟

اور تھوڑی ہی دیر میں عورتیں گھروں سے گلی میں اتر آئیں۔ بچے گلی میں گلی ڈنڈا کھیلنے لگے اور دو بارہ تیرہ برس کی لڑکیاں کسی بات پر ایک دوسرے سے گتھم گتھا ہو گئیں۔

رکھا گہری شام تک کنویں پر بیٹھا کھنکھارتا اور چلم پھونکتا رہا۔ کئی لوگوں نے یہاں سے گزرتے ہوئے اس سے پوچھا، 'رکھے شاہ سنا ہے، آج غنی پاکستان سے آیا تھا؟'

'ہاں، آیا تھا،' رکھے نے ہر بار ایک ہی جواب دیا۔

'پھر؟'

'پھر کچھ نہیں، چلا گیا!'

رات ہوتے پر رکھا روز کی طرح گلی کے باہر بائیں طرف کی دُکان کے تختے پر آ بیٹھا۔ روز اکثر وہ راستے سے گزرنے والے جان پہچان کے لوگوں کو آواز دے کر بلا لیتا تھا اور انھیں سٹّے کے فائدے اور صحت کے نسخے بتایا کرتا تھا۔ مگر اس دن وہ لچھّے کو اپنی ویشنو دیوی کی اس سفر کی تفصیل سنا رہا تھا، جو اس نے پندرہ سال پہلے کی تھی۔ لچھّے کو رخصت کرکے وہ گلی میں آیا تو ملبے کے پاس لوکو پنڈت کی بھینس کو کھڑا دیکھ کر وہ روز کی عادت کے مطابق اسے دھکّے دے کر ہٹانے لگا ——

تت، تت، تت، تت۔ تت۔

اور بھینس کو ہٹا کر وہ سستانے کے لیے ملبے کی چوکھٹ پر بیٹھ گیا۔ گلی اس وقت بالکل سنسان تھی۔ کمیٹی کی کوئی بتّی نہ ہونے سے وہاں شام سے ہی اندھیرا ہو جاتا تھا۔ ملبے کے نیچے نالی کا پانی ہلکی آواز کرتا ہوا بہہ رہا تھا۔ رات کی خاموشی کے ساتھ ملی ہوئی کئی طرح کی ہلکی ہلکی آوازیں ملبے کی مٹی میں سے نکل رہی تھیں ....

چیو چیو چیو .... چک، چک، چک، ... چررررر اررررر۔ ری ری ری ری ری۔ چرررر ..... ایک بھٹکا ہوا کوّا نہ جانے کہاں سے اڑ کر لکڑی کی چوکھٹ پر آ بیٹھا۔ اس سے لکڑی کے ریشے اِدھر اُدھر پھیل گئے۔ کوّے کے وہاں بیٹھتے نہ بیٹھتے ملبے کے ایک کونے میں لیٹا ہوا کتّا غرّا کر اٹھا اور زور زور سے بھونکنے لگا وؤ۔ اؤ۔ اؤ۔ وؤ! کوّا کچھ دیر سہما سا چوکھٹ پر بیٹھا رہا، پھر وہ پنکھ پھڑپھڑاتا ہوا اڑ کر کنویں کے پیپل پر چلا گیا۔ کوّے کے اڑ جانے پر کتّا اور نیچے آیا اور پہلوان کی طرف منہ کرکے بھونکنے لگا۔ پہلوان اسے ہٹانے کے لیے بھاری آواز میں بولا

دُر دُر دُر ... دُرے!

مگر کتّا اور پاس آ کر بھونکنے لگا ... وؤ۔ اؤ۔ وؤ۔ اؤ۔ وؤ۔ وؤ...

—— ہٹ، ہٹ، دُرررر۔ دُرررر۔ دُرے ...

—— وؤ۔ اؤ۔ اؤ۔ اؤ۔ اؤ۔

پہلوان نے ایک ڈھیلا اٹھا کر کتّے کی طرف پھینکا۔ کتّا تھوڑا پیچھے ہٹ گیا، لیکن اس کا بھونکنا بند نہ ہوا۔ پہلوان منہ ہی منہ کتّے کو ماں کی گالی دے کر وہاں

سے اُٹھ کھڑا ہوا اور دھیرے دھیرے جاکر کنویں کی سل پر لیٹ گیا۔ پہلوان کے وہاں سے ہٹنے پر کتا گلی میں اُتر آیا اور کنویں کی طرف منہ کر کے بھونکنے لگا۔ کافی دیر بھونک کر جب گلی میں اسے کوئی آدمی چلتا پھرتا دکھائی نہیں دیا، تو وہ ایک بار کان جھٹک کر ملبے پر لوٹ آیا اور وہاں کونے میں بیٹھ کر غرّانے لگا۔

امرت لال ناگر

دو آستھائیں

ایک

'ارے کہاں ہو؟ اندر کی بہوریا!' کہتے ہوئے آنگن پار کر پنڈت دیودھر کی گھروالی تنگ، اندھیرے، ٹوٹے ہوئے زینے کی طرف بڑھیں۔

اندر کی بہو اوپر کمرے میں بیٹھی بچے کا جھبلا سی رہی تھی۔ مشین روک کر بولی، 'آؤ، بواجی، میں یہاں ہوں!' کہتے ہوئے وہ اٹھ کر کمرے کے دروازے تک آئی۔

گھٹنے پر ہاتھ ٹیک کر سیڑھیاں چڑھتے ہوئے پنڈتائن اس قدر ہانپ رہی تھیں کہ اوپر آتے ہی زینے کے باہر کی دیوار سے پیٹھ ٹیک کر بیٹھ گئیں۔

اندر کی بہو آگے بڑھ کر پلے کو دونوں ہاتھوں کی چٹکیوں سے پکڑ، ان بار اپنی پھوپھیا ساس کے پیروں پڑی۔

'ٹھنڈی سیری بوڑھ سہاگن، دودھن نہاؤ پوتن پھلو!' آشیرواد دیتے ہوئے پنڈتائن رکیں، دم لے کر اپنے آشیرواد کو نئی طاقت دیتے ہوئے کہا، 'ہم تو بہوریا رات دن یہی مناتے ہیں۔ پہلوٹھی کا ہوتا تو آج دن بیاہ کی فکر پڑتی۔ (دبی آہ) رام کریں، مارکنڈے کی آر بل لیکے آئے جلدی سے۔ رام کریں، ساتوں سکھ بھوگو، بلبیٹا۔'

اِندر کی بہوریا کا چہرہ محبت اور عقیدت سے بھر اُٹھا، پلکیں نیچی ہوگئیں۔ پھوپھیا ساس کی بانہہ پکڑ کر اٹھاتے ہوئے کہا، کمرے میں چلو بُوا جی،'

' چلو رانی۔ تنِک سستا لیا، تو سانس میں سانس آمائی۔ اب ہم سے چڑھا اترا ناہیں جائے ہے بیٹا۔ کیا کریں؟'

بُوا جی اُٹھ کر بہوریا کے ساتھ اندر آئیں۔ مشین پر ننھا سا جھبلا دیکھ کر بُوا جی نے ایک بار اپنی بھتیج بہو کو خفیہ پولس کی نگاہ سے دیکھا، پھر پوچھا، ' ای جھگلا...؟'

' دودھ والی کے بچّے کے لیے سی رہی ہوں۔ چار بیٹیوں کے بعد اب کے لڑکا ہوا ہے اُسے۔ بڑا اَشبھ سمے ہے بچاری کے لیے۔'

' بڑی دیا۔ ممتا ہے، بہو، تُمرے من میں۔ ٹھاکر جی مہاراج تم ری ساری منوکامنا پوری کریں۔ تمھیں اور اِندر کو دیکھ کے ایسا چت پرسن ہوئے ہے، ایسا کلیجہ جُڑے ہے، بیٹا، کہ ... جُگ جُگ جیو۔ ایک ہم رے بھولا تربھون کی بہویں ہیں گی۔ (آہ، پھر سوچوں میں گُم) ہونہہ! جیسا مانگھ، بیسی جوئے۔ بہو بانی تو کچا بینت ہو میں ہیں گی پرائے گھر کی بیٹیوں کو کیا دوش دوں۔'

' کوئی نئی بات ہوئی بوا جی؟'

' ا۔ رے، جس گھر کے سنسکار ہی بدل جائیں، اس گھر میں نت نئی باتیں ہوئیں گی ہم تو کہے ہیں، رانی کہ ہم رے باپ اودے بھئے ہیں۔'

کہہ کر بُوا جی کی آنکھیں پھر صفر میں ٹھہر گئیں۔ اِندر کی بہو کو 'نئی بات' کا سرا نہیں مل پا رہا تھا، اس لیے اس کے مَن میں اُتھل پُتھل مچ رہی تھی۔ کچھ نئی بات ضرور ہوئی ہے۔' وہ بھی کہتے تھے کہ پھوپھا جی کچھ اکھڑے سے کھوئے ہوئے سے ہیں۔

' بڑے دیور کی گُنیا کیا پھر چوکے ہیں....' اِندر کی بہو کا اندازہ ٹھیک کے قریب پہنچا۔ واقعہ پنڈت دیودھر کے بڑے لڑکے ڈاکٹر بھولا شنکر بھٹ کے ذریعے پالی گئی اصلی اسکاٹ لینڈ کے کُتّے کی بیٹی جولیٹ کی وجہ سے ہوئی۔ اس بار تو اس نے غضب ہی ڈھا دیا۔ پنڈت جی کے باغیچہ میں پُرکھوں کا بنوایا ہوا ایک خفیہ عبادت گاہ بھی ہے۔ گھر کی چار دیواری کے اندر ہی یہ باغیچہ بھی ہے، اس میں ایک جانب اونچے چبوترے پر ایک چھوٹا سا مندر بنا ہے۔ مندر میں ایک سنیاسی کی پرانی قلمی تصویر

چندن کے نقاشی دار بوسیدہ تخت پر رکھی ہے۔ اُس چھوٹے سے مندر میں، اکڑوں بیٹھ کر ہی داخل ہوا جاسکتا ہے۔ مندر کے اندر جاکر داہنے ہاتھ کی طرف ایک بڑے طاق نما دروازے سے اپنے سارے جسم کو سمیٹ کر ہی کوئی انسان عبادت گاہ میں داخل ہوسکتا ہے۔ اس گھر میں سنگ مرمر کی بنی سرسوتی دیوی کی بے مثال مورتی نصب ہے، جس پر ہمیشہ تیل سے بھگویا ریشمی کپڑا پڑا رہتا ہے۔ صرف نورانی چہرے کے ہی درشن ہوتے ہیں۔ مورتی کے قریب اکھنڈ دیپ جلتا ہے۔ یہ عبادت گاہ ایک آدمی کے پالتھی مار کر بیٹھنے لائق چوڑا اور مورتی کو لیٹ کر سجدہ کرنے لائق لمبا ہے۔ پنڈت دیودھرجی بھٹ کے پرداداکے پتا کو سنیاسی نے یہ مورتی اور مہا سرسوتی کا بیج منتر دیا تھا۔ سنتے ہیں، انھوں نے سنیاسی کی مہربانی سے یہیں بیٹھ کر واگ دیوی کو سدھ کیا اور زمانے میں بڑا نام اور دولت کمایا تھا۔ پنڈت جی کے پردادا اور پتا بھی بڑے نامی گرامی ہوئے۔ رجواڑوں میں پوجتے تھے۔ پنڈت دیودھرجی کو حالاں کہ پُرکھوں کا سدّھ کیا ہوا بیج منتر نہیں ملا۔ پھر بھی انھوں نے اپنے یجمانوں سے مناسب پوجا اور نذرانہ حاصل کیا۔ بیج منتر اس لیے نہ پاسکے کہ وہ حق وراثت کے قانون سے پتا کے آخری دنوں میں ان کے بڑے بھائی دھرنی دھرجی کو ہی حاصل ہوا تھا اور وہ بھری جوانی میں ہی حرکت قلب رُک جانے سے فوت ہوگئے تھے۔ پنڈت جی پُرکھوں کی سرسوتی کے بڑے سخت پجاری تھے۔ پھر بھی پنڈت دیودھرجی نے تاعمر بڑی عقیدت سے جگدمبا کی خدمت کی ہے۔

ایک دن روزمرّہ کے مطابق گنگا سے لوٹ کر سویرے پنڈت جی جب عبادت گاہ میں داخل ہوئے، تو اُسے بھولا کی کُتیا کے زچّہ خانے کے روپ میں پایا۔ پنڈت جی کا غصہ بھڑک اٹھا۔ لڑکے، لڑکوں کی بہوئیں ایک رائے ہوکر زبانی مورچہ لینے لگے۔ پنڈت دیودھرجی نے اس دن سے گھر میں داخلہ اور دانا پانی نہ لینے کی قسم کھا رکھی ہے۔ وہ عبادت گاہ کے پاس کنویں والے دالان میں پڑے رہتے ہیں۔ آج چار دن سے انھوں نے کچھ نہیں کھایا۔ کہیں اور بازار میں تو وہ کھانے پینے سے رہے، شاید اِندر کے گھر کھانا کھاتے ہوں۔ یہی پوچھنے کے لیے اِندر کی بُوا اِس وقت یہاں آئی تھی، لیکن ان کی بھتیج بہو نے جب اُن کے یہاں کھانا نہ کھانے کی

بات بتائی، تو سن کر بُواجی، کچھ دیر کے لیے پتھر کی ہوگئیں۔ بتی کی ارسٹھ سال کی عمر، روز سویرے تین بجے اٹھ کر دو میل پیدل چل کر گنگا جی جانا آنا، اپنا سارا پروگرام نباہنا، دو پہر کے بارہ ایک بجے تک برسر یگیہ، بھاگوت پاٹھ، سرسوتی کورچ کا جپ وغیرہ مسلسل چل رہا ہے اور ان کے منہ میں اناج کا ایک دانہ بھی نہیں پہنچا، یہ خیال بواجی کو جڑ بنا رہا تھا۔

' یہ تو سب باتیں مجھے اس بخت تم سے معلوم پڑ رہی ہیں، بواجی، پھوپھا جی نے تو میری جان میں کبھی کچھ بھی نہیں کہا۔ کہتے تو میرے سامنے چکر آئے بن نہ رہتا۔'

' ارے، تیرے پھوپھا جی تو رِسی مُنی ہیں گے، بیٹا۔ بس اِنھیں کرودھ نہ ہوتا، تو اِن کے ایسا مہاتما نہیں تھا پرتھی پہ۔ کیا کروں، اپنا جو دھرم تھا، سو نبھا دیا۔ جیسا سمے ہو ویسا نیم سادھنا چاہیے۔ پیٹ کے اَنش سے بھلا کوئی کیسے جیت سکے ہے،'

' تو پھوپھا جی آخر کتنے دن یوں ہی بغیر کھائے چل سکیں گے۔ بوڑھاپے کا شریر ہے ...'

' دوئی تو میں بھی کہوں ہوں، بیٹا۔ مگر ان کی ضد کی اگاڑی میری کہاں چل پائے ہے۔ بہوت ہوے ہیں، تو کونے میں بیٹھ کے رو لوں ہوں۔' کہتے کہتے بواجی کا گلا بھر آیا، بولیں —— اِن کے سامنے سب کو رکھ کے چلی جاؤں، تو میری گت سدھر جائے۔ جانے کیا کیا دیکھنا لکھا ہے للاٹ میں۔' بواجی ٹوٹ گئیں، پھوٹ پھوٹ کر رونے لگیں۔

' تم فکر نہ کرو بواجی، اتنے دنوں تک تو معلوم نہیں تھا، پر آج سے پھوپھا جی کے کھانے پینے کا سب انتظام ہو جائے گا۔'

دو

ڈاکٹر اندردت شرما کے یونی ورسٹی سے لوٹ کر آنے پر چائے پیتے وقت ان کی پتنی نے سارا حال کہہ سنایا۔ اندردت سنّ رہ گئے۔ معشوقہ کی طرح خوب صورت لگنے والی چائے کی پیالی مطلقہ بہو کی طرح اُن کے دِل سے اُتر گئی۔ اندردت اپنے

پھوپھاجی کی ضد کو جانتے تھے۔ پھوپھاجی بغیر کسی سے کچھ کہے سُنے اسی طرح بھوک ہڑتال کر پران تیاگ کر سکتے ہیں، اسے اِندر دت اچھی طرح جانتے تھے۔ اُن کے اندر کی تکلیف چہرے پر تڑپنے لگی۔ پتی کی پریشانی کو غور سے دیکھ کر پتنی نے کہا

'تم آج انھیں کھانے کے لیے روک ہی لینا۔ میں بڑی صفائی سے بناؤں گی۔'

'سوال یہ ہے کہ وہ مانیں گے بھی؟ ان کا تو 'چندر ٹرے، سورج ٹرے' والا حساب ہے۔'

'تم کہنا تو سہی۔'

'کہوں گا تو سہی، پر میں جانتا ہوں۔ مگر اس طرح وہ چلیں گے کتنے دن؟ بھولا کو ایسی ضد نہ کرنی چاہیے۔'

'بھولا کیا کریں۔ کتیا کے پیچھے گھومتے پھریں؟'

'شوق ہے اپنا اور کیا؟ پھوپھاجی کو بھی اتنا اختلاف نہ کرنا چاہیے۔'

'پھوپھاجی کا فیصلہ ہم نہیں کر سکتے۔'

'ابھی مان لو تمھارے ساتھ ہی ایسی گزرتی۔'

'میں نباہ لیتا۔'

'کہنا آسان ہے، کرنا بڑا مشکل ہے۔ پھوپھاجی تو چاہتے ہیں سب پُرانے زمانے کے بنے رہیں۔ چوٹی جنیو، چھوت چھات، سنیما نہ جاؤ اور گھونگھٹ نکالو، بھلا یہ کوئی بھی مانے گا۔'

'میرے خیال میں پھوپھاجی اس پر کچھ...'

'بھلے نہ کہیں، انھیں اچھا تو نہیں لگتا۔'

'ٹھیک ہے! تمھیں بھی میری بہت سی باتیں اچھی نہیں لگتیں، مجھے بھی تمھاری کچھ باتیں اچھی نہیں لگتیں۔'

'کون سی باتیں؟'

'میں شکایت نہیں کرتا۔ مثال دے رہا ہوں۔ ٹھیک ٹھیک ایک رائے کے کوئی دو آدمی نہیں ہوتے۔ ہوتے بھی ہیں تو بہت کم۔ لیکن اس سے کیا، لوگوں میں نباہ نہیں ہوتا؟ بھولا اور اس کی دیکھا دیکھی نربھون میں بھی گھمنڈ آگیا ہے۔ ماں باپ

کو ایسے دیکھتے ہیں جیسے ان سے پیدا ہی نہیں ہوئے۔ پھوپھاجی ضدی اور دقیانوسی ہیں سہی لیکن ایک دم حکم عدولی کے قابل نہیں۔ یہ لوگ انھیں چڑھانے کے لیے گھر میں پیاز، لہسن، انڈا، مچھلی سب کچھ کھاتے ہیں۔ پھوپھاجی نے اپنا چوکا ہی تو الگ کیا۔ کسی سے کچھ کہا سنا تو نہیں؟'

مزاجاً سنجیدہ اور کم گو اندردت اس وقت جوش میں آگئے تھے۔ پھوپھاجی چار دنوں سے بغیر کھائے پیئے ہیں۔ پھوپھاجی کے لیے ان کا ہمیشہ سے عزت و احترام تھا۔ زمانہ ان کا احترام کرتا ہے۔ ادھر مہینوں سے اندردت کے اصرار پر پنڈت دیودھر جی روز شام کے وقت دو ڈھائی گھنٹے ان کے گھر گزارتے ہیں کبھی بھاگوت کبھی رامائن، کبھی کوئی پرانوں سے متعلق کوئی تقریر چل پڑتا ہے۔ پنڈت جی اپنی طرح سے کہتے ہیں، اندردت ان کے ذریعہ قدیم سماج کے ارتقار کی تصویر دیکھنا، اُن سے اپنے لیے نیا رس پاتا۔ کبھی کبھی باتوں کے رس میں آکر اپنے راجہ، تعلقدار، بھمانوں کی مزیدار یادیں سناتے ہیں۔ کبھی ان کے بچپن اور جوانی کی یادوں سے ٹکراتی ہوئی پرانی سماجی تصویریں، اِن محلّوں کی پرانی جھلک سامنے آجاتی ہے۔ پھوپھاجی کے اپنے تجربے سے اپنے لیے علم کا سرا جوڑتے ہوئے ان کی قربت میں آکر اندردت کو احترام کے علاوہ ان سے محبت بھی ہوگئی ہے۔

اندردت کی پتنی کے دل میں احترام کا احساس تو ہے، لیکن جب سے وہ برابر آکر بیٹھنے لگے ہیں، تب سے اُسے ایک دبی ڈھکی شکایت بھی ہے۔ پتنی کے ساتھ گھڑی دو گھڑی بیٹھ کر باتیں کرنے، کیرم یا چوسر کھیلنے، یا اپنے پشتینی مکان سے متعلق جواب نئے سرے سے بن رہا ہے، صلاح مشورہ کرنے کا وقت اب اُسے نہیں مل پاتا۔ اپنی چھوٹی دیورانی تربھون کی بہو سے کافی میل جول ہونے کی وجہ سے اس کی باتوں پر یقین کر کے وہ پھوپھاجی کے ہراتے پن سے کسی حد تک ناراض بھی ہے۔ اسی لیے جب اندردت نے یہ کہا کہ گھر میں گوشت مچھلی کے استعمال کے بعد پھوپھاجی نے اپنا چوکا الگ کر لیا، مگر کچھ بولے نہیں، تو ان کی پتنی سے رہا نہ گیا کہنے لگی —— 'تو اُن لوگوں سے ... ارے پوتے پوتیوں تک سے تو بولتے نہیں، پھر شکایت کس سے کریں گے؟'

'پھوپھاجی کو پہچاننے میں بس یہیں تم لوگ غلطی کرتے ہو۔ اُن کا پریم تقریباً گونگا ہے۔ میں نے تجربے سے اس بات کو سمجھا ہے'! بند رہنے پر بھی جھرجھرے دروازوں سے جس طرح گرم لُو کے تیر آتے ہیں، مختاط اندردت کے اندر میں بھی جوش اسی طرح واضح ہو رہا تھا۔

پتنی نے پتی کے رُخ پر رُخ کیا، فوراً شانت اور نرم آواز میں کہا، 'میں پھوپھاجی کو پہچانتی ہوں۔ اُن کے ایسے عالم کی قدر اِس گھر میں نہیں۔ اُن کا لگاؤ تم جیسوں سے ہی ہو سکتا ہے۔ تم فکر نہ کرو۔ بُرت آج پورا ہو جائے گا'!

'مان جائیں گے؟' پتنی کے چہرے تک اُٹھی اِندردت کی آنکھوں میں شک تھا، ان کی آواز دردناک تھی۔

'پریم نیم سے بڑا ہے'! پتی کے اضطراب اور فکر کو چالاکی کے ساتھ پتنی نے میٹھے وعدے سے دور کر دیا، لیکن وہ انھیں پھر چائے ناشتہ نہ کرا سکی۔

تین

ڈاکٹر اندردت شرما پھر گھر میں بیٹھ نہ سکے۔ آج ان کا ضبط ڈگمگا گیا تھا۔ پھوپھاجی لگ بھگ چھ ساڑھے چھ بجے آتے ہیں۔ اِندردت کا دل کہہ رہا تھا کہ وہ آج بھی آئیں گے، لیکن شک بھی تھا، ممکن ہے زیادہ کمزور ہو گئے ہوں، نہ آئیں۔ اِندردت نے خود جاکر انھیں بلا لانا ہی مناسب سمجھا۔ حالاں کہ انھیں یہ معلوم ہے کہ اس وقت پھوپھاجی نہانے وغیرہ میں مصروف رہتے ہیں۔ پنڈت دیودھر جی کا گھر زیادہ دور نہیں تھا۔ ڈاکٹر اِندردت صدر دروازے سے گھر میں داخل ہونے کے بجائے ایک گلی اور پار کر باغیچہ کے دروازے پر آئے۔ پھوپھاجی گنگا لہری کا پاٹھ کر رہے تھے۔ پھولوں کی خوشبو سی ان کی خوشنما آواز باغیچہ کی چہار دیواری کے باہر مہک رہی تھی۔

اِندردت دروازے پر کھڑے سنتے رہے۔ آنکھوں میں آنسو آگئے۔ پھوپھاجی کی آواز اُن کے کانوں میں مانوں آخری بار کے پرشاد کے طور پر پڑ رہی

تھی ۔ کچھ دنوں بعد، کچھ ہی دنوں بعد یہ آواز پھر سننے کو نہیں ملے گی۔ کتنی انہما کی ہے، انھوں نے چار دنوں سے کھانا بھی نہیں کھایا ہے ؟ ... ایسے شخص کو ، ایسے پتا کو بھولا، تربھون تکلیف دیتے ہیں۔ اِندردت اس وقت نہایت جذباتی ہو اٹھے تھے۔ انھوں نے پھوپھاجی کی انہماکی نہ توڑنے کا ارادہ کیا۔ گنگا لہری پاٹھ کر رہے ہیں، اس لیے نہا کر اٹھے ہیں یا نہانے جا رہے ہیں، اس کے بعد سندھیا کریں گے۔ پھوپھا جی سے ملاقات ہو جائے گی۔ ان کے پروگرام میں خلل نہ ڈال کر اتنا وقت بُوا کے پاس بیٹھ لوں گا، یہ سوچ کر وہ پھر پیچھے کی گلی کی جانب مُڑے۔

چار

' امّاں ! '

' ہاں، بڑی بہو ' اپنے کمرے میں دروازے کے پاس گھٹنوں پر ٹھوڑی ٹکائے دونوں ہاتھ باندھے گہری سوچ میں بیٹھی تھیں۔ بڑے بیٹے کی بہو کی آواز سُن کر تر و تازہ ہو گئیں۔ ہاں، اتنی دیر کے کھوئے پن نے اُن کی بے بس آواز میں درد بھر دیا تھا۔

بڑی بہو کے چہرے کی ٹھسک کو اُن کی کمر کے چاروں طرف پھولی ہوئی چربی ماند کر رہی تھی، آواز بھی اسی طرح مزاج کے کانٹے پر سدھی ہوئی۔ بولی، ' انھوں نے پوچھوایا ہے کہ دادا آخر چاہتے کیا ہیں ؟ '

' وہ تو کچھ نہیں چاہتے ہیں، بہو ! '

' تو یہ بھوک ہڑتال پھر کس بات کا ہو رہا ہے ؟ '

پنڈت دیو دھر کی نصف بہتر نے آواز کو قدرِ محتاط ہو کر جواب دیا' ان کا سبھاؤ تو تم جانتی ہی ہو، بہو رِیا ! '

' یہ تو کوئی جواب نہیں ہوا، امّاں۔ تو کیا جان دیں گے ؟ ایسی ضد بھی بھلا کس کام کی ؟ بڑے عالم ہیں، بھگت ہیں، دنیا بھر کو وِنیہ اور پروپکار سکھاتے ہیں۔ ... کہتے ہیں کیا اسی بھگوان کی دی ہوئی جان نہیں ہے ؟ '

بڑی بہو تیز پڑتی گئی، ساس چپ چاپ سنتی رہی۔

'یہ تو ماں باپ کا دھرم نہیں ہوا، یہ تو دشمنی ہوئی، اور کیا! گھر میں سب سے بولنا چالنا تو بند کر ہی رکھا تھا۔۔'

'بولنا چالنا تو اُن کا سدا کا ایسا ہی ہے، بیٹا۔ تم لوگ بھی اتنے برسوں سے دیکھتے ہو۔ بھولا، تربھون تو سدا سے جانتے ہیں۔'

'اندر بھائی صاحب کے یہاں تو کُھل کُھل کر باتیں کرتے ہیں۔'

'اِندر پڑھا لکھا ہے نا، ویسی ہی باتوں میں اِن کا من لگے ہے، اِس میں۔۔'

'ہاں، ہاں ہم لوگ تو سب گنوار ہیں، بھرشٹ ہیں۔ ہم پاپیوں سے بولنے کیا دیکھنے سے بھی اُن کا دھرم نشٹ ہونا ہے۔'

'بہو، بیٹا، غصّہ ہونے سے کوئی فائدہ نہیں۔ ہم لوگ تو اب چتا میں کھڑے ہیں، رانی۔ تم سب کو رکھ کے اُن کے سامنے چلی جاؤں، وشو ناتھ بابا سے اٹھتے بیٹھتے آنچل پھیلا کر وردان مانگوں ہوں، بیٹا۔۔ اب میرے کلیجے میں دم نہیں رہا، کیا کروں؟'

بُواجی رو پڑیں۔

اِندر دت ذرا دیر سے دالان میں ٹھٹکے تھے، بُوا کو روتے دیکھ ان کی جذباتیت رُک نہ سکی، پکارا 'بوا۔'

'بواجی ایک لمحے کے لیے ٹھٹھکیں، فوراً آنسو پونچھ، آواز سنبھال کر مٹھاس کے ساتھ بولیں، 'آؤ، بھیا۔'

بھولا کی بہو نے سر کا پلّو ذرا سنبھال لیا اور شرافتی مسکان کے ساتھ اپنے جیٹھ کو ہاتھ جوڑے۔

اِندر دت نے کمرے میں آکر بواجی کے پیر چھوئے اور پاس ہی بیٹھنے لگے۔ بُواجی ہڑبڑا کر بولیں، 'ارے، چارپائی پر بیٹھو۔'

'نہیں، میں سُکھ سے بیٹھا ہوں آپ کے پاس۔'

'تو ٹھہرو، میں چٹائی۔۔'

'بواجی اٹھیں، اِندر دت نے اُن کا ہاتھ پکڑ کر بیٹھا لیا اور پھر بھولا کی بہو کو

دیکھ کر بولا، 'کیسی ہو، سوشیلا؟ منورما کیسی ہے؟'

'سب ٹھیک ہے۔'

'بچے؟'

'اچھے ہیں۔ بھابھی جی اور آپ تو کبھی جھانکتے ہی نہیں۔ اتنے پاس رہتے ہیں اور پھر بھی...'

'میں سب کی راضی خوشی برابر پوچھ لیتا ہوں۔ رہا آنا جا، سو...'

'آپ کو تو خیر ٹائم نہیں ملتا، لیکن بھابھی جی بھی نہیں آتیں، بال نہیں، بچے نہیں، کوئی کام...'

'گھر میں مدد لگی ہے۔ ایسے میں گھر چھوڑ کر کیسے آئے بے چارہ،' بوا جی نے اپنی بہو کی بات کاٹی۔ بہو آنکھیں چڑھا کر یاد آنے کا احساس جتاتے ہوئے بولی، 'ہاں، ٹھیک ہے۔ کون سا حصہ بنوا رہے ہیں، بھائی صاحب؟'

'پورا گھر نئے سرے سے بن رہا ہے۔ ایسا بڑھیا کہ محلے میں ایسا گھر نہیں ہے کسی کا،' ساس نے بہو کی شوکت کو شرمندہ کرنے کی دبی تڑپ کے ساتھ کہا۔ بوا جی یوں کہنا نہیں چاہتی تھیں، لیکن جی کا چوٹ اچانک پھوٹ پڑا۔ بڑی بہو نے آنکھیں چمکا، اپنی دوہری ٹھوڑی کو گردن سے چپکا کر اپنے اوپر پڑنے والے اثر کو جتایا اور پوچھا، 'لیکن رہتے تو شاید...'

'پچھلے والے حصے میں رہتے ہیں۔'

'اسی حصے میں جیجا کا، میرا اور بھیا کا جنم ہوا۔ ایک بھائی اور ہوا تھا سب یہیں ہوئے۔ ہمارے باپ، تاؤ، دادا اور جانے کون کون کا جنم...'

'وہ حصہ تو گھر بھر میں سب سے زیادہ خراب ہے۔ کیسے رہتے ہیں؟'

'جہاں پرکھوں کا جنم ہوا، وہ جگہ سورگ سے بھی بڑھ کر ہے۔ پرکھے پرتھوی دیوتا ہیں۔'

بڑی بہو نے آگے کچھ نہ کہا، سر کا پلّا پھر سنبھالنے لگی۔

'آج تو بہت دنوں میں آئے، بھیا۔ میں بھی اتنی بار گئی۔ بہو سے تو بھینٹ ہو جاوے ہے۔'

بُوا بھتیجے کو باتیں کرتے چھوڑ کر بڑی بہو چلی گئی۔ اس کے جانے کے بعد دو پَل خاموشی رہی۔ اس کے بعد دونوں ہی تقریباً ساتھ ساتھ بولنے کے لیے بے چین ہوئے۔ اِندردت کو کچھ کہتے دیکھ کر بوا جی چپ ہوگئیں۔

'سنا، پھوپھا جی نے ...'

'اُن کی فکر نہ کرو، بیٹا۔ وہ کسی کے مان کے ہیں ؟'

'لیکن اس طرح کتنے دن چلے گا ؟'

'چلے گا، جتنے دن چلنا ہوگا۔' بوا جی کی آواز آنسوؤں میں ڈوبنے ابھرنے لگی۔ 'جو میرے بھاگ میں لکھا ہوگا ...' آگے کچھ نہ کہہ سکیں، آنسو پونچھنے لگیں۔

'سچ سچ بتانا، بوا جی، تم نے کچھ کھایا بھی ...'

'کھاتی ہوں، روز ہی کھاتی ہوں۔' پلّے سے آنکھیں ڈھکے ہوئے وہ بولیں۔ اندردت کو لگا کہ وہ جھوٹ بول رہی ہیں۔

'تم اِسی وقت میرے ساتھ گھر چلو، بوا جی۔ پھوپھا جی تو ویسے آئیں گے ہی، لیکن آج ہیں ... انھیں لے کر ہی آؤں گا۔ نہیں تو آج میری بھی بھوک ہڑتال شروع ہوگی۔'

'کرو جو جس کی سمجھ میں آئے۔ میرا کسی پر زور نہیں، بس نہیں۔' آنکھوں میں پھر سیلاب آگیا، پلّا آنکھوں پر ہی رہا۔

'نہیں، بوا جی۔ یا تو آج سے پھوپھا جی کا برت ٹوٹے گا ...'

'کہیے، بھائی صاحب ؟' کہتے ہوئے بھولا کمرے میں داخل ہوا۔ ماں کو روتے دیکھ اس کے مَن میں سختی آگئی۔ ماں نے اپنے دکھ کا نام و نشان مٹا دینے کی ناکام کوشش کی، لیکن ان کے چہرے پر پڑا ہوا درد کا سایہ اور آنسوؤں سے تازہ بھیگی ہوئی آنکھیں اُن کے بیٹے سے چھپی نہ رہ سکیں۔ بھولا کا چہرہ سخت ہوگیا۔ ماں کی جانب منہ پھیر کر چارپائی پر اپنا بھاری بھرکم جسم گراتے ہوئے انھوں نے اپنے ماموں زاد بھائی سے پوچھا، 'گھر بن گیا آپ کا ؟'

'تیاری پر ہی ہے۔ برسات کے پہلے ہی کمپلیٹ ہوجائے گا۔'

'سنا ہے نقشہ بہت اچھا بنوایا ہے آپ نے۔'

اندردت نے کوئی جواب نہ دیا۔

'میں بھی ایک کوٹھی بنوانے کا ارادہ کر رہا ہوں۔ اس گھر میں اب گزر نہیں ہوتی۔'

اندردت خاموش رہے۔ بھولا بھی پل بھر چپ رہے، پھر بولے '' دادا کا نیا تماشہ دیکھا آپ نے؟ آج کل تو وہ آپ کے یہاں ہی اٹھتے بیٹھتے ہیں۔ ہم لوگوں کی خوب خوب شکایتیں کرتے ہوں گے۔'

'تم کو مجھ سے زیادہ جاننا چاہیے، لیکن غیبت اور شکایتیں کرنے کی عادت پھوپھا جی میں کبھی نہیں رہی۔' اندردت کی آواز محتاط رہنے پر بھی تھوڑی پُر جوش تھی۔

'نہ سہی۔ میں آپ سے پوچھتا ہوں، انصاف کیجیے آپ۔ یہ کون سا علم ہے کہ ایک جاندار سے اتنی نفرت کی جائے۔ اور... اور خاص اپنے لڑکے اور بہوؤں سے۔ ... پوتے پوتیوں تک سے نفرت کی جائے... یہ کس ساستر میں لکھا ہے،' جناب بولے۔' بھولا کا جوش ایسے کھلا جیسے موری سے ڈاٹ ہٹاتے ہی موری کا پانی بہتا ہے۔

اندردت نے شانت اور مستحکم آواز میں جواب دیا، ' تم بات کو غلط رنگ دے رہے ہو بھولا۔ اس طرح یہ مشکل کہنا چاہیے کہ گھریلو مسئلے کبھی حل نہیں ہوتے۔'

' میں غلط رنگ کیا دے رہا ہوں، جناب؟ سچ کہتا ہوں، اور انصاف کی بات کہتا ہوں۔ تالی ہمیشہ دونوں ہاتھوں سے بجا کرتی ہے۔'

' لیکن تم ایک ہی ہاتھ سے تالی بجا رہے ہو، یعنی دھرتی پر ہاتھ پیٹ پیٹ کر۔'

' کیا؟ میں سمجھا نہیں۔'

تم اپنے آپ ہی لڑ رہے ہو اور اپنے کو ہی چوٹ پہنچا رہے ہو، بھولا۔ پھوپھا جی کے سارے خیالات سے متفق ہونا ضروری نہیں ہے۔ پھر بھی وہ قابل احترام ہیں۔ وہ ہماری پچھلی نسل کے ہیں، جن کے ردِّ عمل پر عمل کر کے ہماری ترقی ہو رہی ہے۔ ان کی خامیاں تو تم خوب دیکھ لیتے ہو، دیکھنی بھی چاہیے، مگر یہ دھیان رہے کہ خوبیوں کی طرف سے آنکھ موندنا، ہمارے تمھارے لیے، ساری نئی نسل کے لیے صرف نقصان دہ ہے اور کچھ نہیں۔'

بھولا نے اپنی جیب سے سونے کا سگریٹ کیس نکالا اور چہرے پر آڑی ترچھی لکیریں ڈال کر کہنے لگا، 'میں سمجھتا تھا، بھائی صاحب کہ آپ نے اتنی ہسٹری اور سٹری پڑھ کر بڑی سمجھ پائی ہوگی۔' اتنا کہہ کر بھولا کے چہرے پر اطمینان اور فخر کا احساس آگیا۔ پروفیسر اِندردت کے پڑھے لکھے پن کو دو کوڑی کا ثابت کر بھولا ساتویں آسمان کی بُرج پر چڑھ گیا۔ 'ڈھکوسلوں میں دھکیلنے والی ایسی پچھلی پیڑھیوں سے ہمارا ملک اور خاص طور سے ہماری ہندو سوسائٹی بہت سفر کر چکی، جناب۔ اب چالیس، پچاس برس پہلے کا زمانہ بھی نہیں رہا، جو 'پتا ہی دیوا، پتا ہی دھرما' رٹا رٹا کر یہ لوگ اپنی دھونس گانٹھ لیں۔ میں کہتا ہوں، آپ پرانے ہیں، بڑے عقیدت مند ہیں، ہوں گے... اپنی عقیدت و قیدت کو اپنے پاس رکھیے۔ نیا زمانہ آپ لوگوں کی تاناشاہی کو برداشت نہیں کرے گا۔'

'تم اگر کسی کی تاناشاہی کو برداشت نہیں کروگے، تو تمھاری تاناشاہی کو ہی بھلا کون برداشت کرے گا؟'

'میں کیا کرتا ہوں، جناب؟'

'تم اپنے چھوٹے سدھاروں کا بوجھ ہر ایک پر لادنے کے لیے اتاولے کیوں ہوتے ہو؟'

'بتائیے، میں نے ایسا کیا کیا ہے؟'

'تم بھوبھا جی کو چڑھاتے ہو بھولا۔ میں آج صاف صاف ہی کہوں گا۔ تم اور نر بھون، دونوں...' اِندردت نے سیدھے آواز میں کہا۔

'میں یہ سب بے وقوفی کی سی باتیں سننے کا عادی نہیں ہوں، بھائی صاحب۔ جناب، ہم کو گوشت اچھا لگتا ہے اور ہم کھاتے ہیں اور ضرور کھائیں گے۔ دیکھیں آپ ہمارا کیا کر لیتے ہیں؟'

'میں آپ کا کچھ بھی نہیں کر لوں گا، بھولا شنکر جی۔ آپ شوق سے کھائیے۔ میرے خیال میں بھوبھا جی نے بھی اس کی کوئی مخالفت نہیں کی۔ وہ نہیں کھاتے، ان کے سنسکار ایسے نہیں ہیں، تو تم یہ کیوں چاہتے ہو کہ وہ بھی تمھاری بات، تمھاری رائے ماننے لگیں؟ رہا یہ کہ انھوں نے اپنا چوکا الگ کر لیا یا وہ تم لوگوں کی وجہ سے

پریشان ہیں، یہ باتیں تاناشاہی نہیں کہی جاسکتیں۔ انھیں بُرا لگتا ہے، بس۔'

'میں پوچھتا ہوں، کیوں بُرا لگتا ہے؟ میرا بھی بڑے بڑے پروفیسروں اور نامی گرامی عالم فاضلوں سے دن رات کی صحبت ہے۔ آپ کے ویدکے زمانے کے براہمن اور مُنی تو گئو تک کو کھا جاتے تھے!' بھولا نے گردن جھٹکائی، ان کے چہرے کا گوشت تھل تھلا اٹھا، ان کا سگریٹ جل گیا۔

اندر دت بولے، 'ٹھیک ہے، وہ کھاتے تھے۔ رام، کرشن، ارجن، اندر وغیرہ بھی کھاتے تھے، پیتے تھے، مگر یہ کہنے سے تم اُس سنسکار کو دھو تو نہیں سکتے، جو وقت کے مطابق تبدیل ہوا اور ویشنو دھرم کے ساتھ قریب قریب ملک گیر بھی ہو گیا۔'

'ہاں تو پھر دوسرا سنسکار بھی ملک گیر ہو رہا ہے۔'

'ہو رہا ہے، ٹھیک ہے۔'

'تو پھر دادا ہماری مخالفت کیوں کرتے ہیں؟'

'بھولا، ہم پھوپھاجی کا فیصلہ نہیں کرسکتے۔ اس لیے نہیں کہ ہم نا اہل ہیں بلکہ اس لیے کہ ہمارے فیصلے کے مطابق چلنے کے لیے اُن کے پاس اب دن نہیں رہے، عادت بدلنے کے لیے آخری وقت میں اب حوصلہ بھی نہیں رہا۔'

'میں پوچھتا ہوں، کیوں نہیں رہا؟'

'یہ سراسر زیادتی ہے تمھاری۔ ارے بھئی، وہ بیتا یُگ ہے، اُس پر ہمارا بس نہیں۔ ہمارا بس صرف حال اور مستقبل پر ہی ہو سکتا ہے۔ گزشتہ یُگ کی قدروں کو اُس یُگ کے لیے ہمیں جیسے کا تیسا ہی قبول کرنا ہوگا... پہلے بات سُن لو، پھر کچھ کہنا ... ہاں، تو میں کہہ رہا تھا کہ ہمیں اپنے بزرگوں کی خوبیاں دیکھنی چاہئیں تاکہ ہم انھیں لے کر آگے بڑھ سکیں۔ ان کی خامیوں کو یا حدود کو سمجھنا چاہیے، جن سے کہ ہم آگے بڑھ کر اپنی نئی حد قائم کرسکیں۔ ان کے اوپر اپنی اصلاحی خصلت کو لادنا شدید تاناشاہی ہے۔'

'اور وہ جو کرتے ہیں، تاناشاہی نہیں ہے؟'

'اگر تاناشاہی ہے، تو تم ضرور اعتراض کرو۔ مگر نفرت سے نہیں۔ وہ تمھارے بہت نزدیک کے عزیز ہیں، تمھارے پتا ہیں۔ اتنا احترام تمھیں کرنا ہی ہوگا، انھیں

اتنی ہمدردی تمھیں دینی ہی ہوگی۔'

اندردت بہت ہی شانت مزاج سے پالتھی مار کر بیٹھے ہوئے باتیں کر رہے تھے۔

بھولا کے چہرے پر کبھی چڑھ اور کبھی لاپرداہی بھری اکڑ کے ساتھ سگریٹ کا دھواں لہراتا تھا۔ اندردت کی بات سن تمک کر بولا، 'آ۔ آ۔ آپ چاہتے ہیں کہ ہم لوگ گوشت کھانا چھوڑ دیں ؟'

'دوست، اچھا ہوتا کہ تم اگر یہ گوشت مچھلی وغیرہ کے اپنے شوق، کم سے کم اُن کی اور بواجی کی زندگی میں گھر سے باہر ہی پوری کرتے۔ یہ چوری کے لیے نہیں، ان کے لحاظ کے لیے کرتے، تو گھر میں اور بھی شوبھا بڑھتی۔ خیر، جھگڑا اس بات پر تو ہے نہیں۔ جھگڑا تو تمھاری...'

'جولیٹ کی وجہ سے ہے۔ وہ اُن کے کمرے میں جاتی ہے، یا ابھی حال ہی میں اُس نے سرسوتی جی کے مندر میں بچّے پیدا کیے ... تو، تو آپ ایک بے زبان جانور سے بھی بدلہ لیں گے، جناب ؟ یہ آپ کی انسانیت ہے ؟'

'میں کہتا ہوں، تم نے اس کو پالا ہی کیوں ؟ کم سے کم ماں باپ کا ذرا سا مان تو رکھا ہوتا۔'

'اِس میں مان رکھنے کی کیا بات ہے، بھائی صاحب ؟' بھولا اٹھ کر چھوٹی سی جگہ میں تیزی سے اکڑتے ہوئے ٹہلنے لگا۔ چارپائی سے کمرے کے ایک کونے تک جاکر لوٹتے ہوئے رُک کر کہا، 'ہمارا شوق ہے، ہم نے کیا۔ اور کوئی بڑا شوق تو ہے نہیں۔ صاحب اوروں کے 'فادر' مدرس ہوتے ہیں، تو لڑکوں کے شوق پر خوش ہوتے ہیں ... اور ایک ہماری قسمت ہے کہ ...'

'تم صرف اپنی ہی خوشی کو دیکھتے ہو، بھولا۔ تم نے یہ نہیں دیکھا کہ پھوپھاجی نے کتنے صبر اور اطمینان سے تم لوگوں کی ان حرکتوں کو برداشت کرتے ہیں۔'

'خاک، دھول ہے ... اطمینان ہے۔ ہونہہ ! ہزاروں تو گالیاں دے ڈالیں ہم لوگوں کو۔'

'اور بدلے میں تم نے ان کے اوپر کتیا چھوڑ دی۔'

'ایسی ہی بہت شُدھتا کا گھمنڈ ہے تو اپنی طرف دیوار اُٹھوالیں۔ ہم جو، جو ہمارے جی میں آئے گا کریں گے۔ اور اب تو بڑھ بڑھ کے کریں گے۔'

'یہ تو لڑائی کی بات ہوئی، سمجھوتہ نہیں ہوا۔'

'جی، ہاں، ہم تو کھلے عام کہتے ہیں کہ ہمارا اور دادا کا سمجھوتا نہیں ہوسکتا۔ اس معاملے میں میری اور تربھون کی رائے ایک ہے۔ اگر وہ ہمارے 'پروگریسو' خیالات کو نہیں دیکھ سکتے، تو ان کے لیے ہمارے گھر میں کوئی جگہ نہیں ہے۔'

'بھولا!' کافی دیر سے گردن جھکائے خاموش بیٹھی ہوئی ماں نے کانپتے آواز میں اور بھیک کا سا ہاتھ آگے بڑھاتے ہوئے کہا، 'بیٹا، ان کے آگے ایسی بات بھول سے بھی نہ کہہ دینا۔ تمھارے پیروں...'

'کہوں گا، اور ہزار بار کہوں گا۔ اب تو ہماری ان کی ٹھن گئی۔ وہ ہمارے لڑکوں بچوں کا پہننا اوڑھنا نہیں دیکھ سکتے، ہنسنا کھیلنا نہیں برداشت کرسکتے، ہم لوگوں کو برداشت نہیں کرسکتے، تو میں بھی ان کے دھرم کو ٹھوکر مارتا ہوں۔ ان کے ٹھاکر، پوتھی، پوران، سب میرے جوتے کی نوک پر ہیں۔'

ماں کی آنکھوں سے بوندیں ٹپک پڑیں۔ انھوں نے اپنا سر جھکا لیا۔ بھولا کی یہ بدتمیزی اِندردت کو بُری طرح تڑپا رہی تھی۔ آواز سرد رکھنے کی کوشش کرتے ہوئے بھی سنک بھری ہنسی ہنس کر بولے، 'اگر تمھاری یہی سب باتیں نئے اور 'پروگریسو' خیالات کی نمائندگی واقعی کرتی ہوں، اسی سے انسان تعلیم یافتہ اور فیشن ایبل مانا جاتا ہو، تو میں کہوں گا کہ، بھولا، تم اور تمھاری ہی طرح کا سارا نیا زمانہ جنگلی ہے۔ بلکہ ان سے بھی گیا گزرا ہے۔ تمھارا نیا زمانہ، نہ نیا ہے نہ پرانا۔ تمھارے خیالات نئے تو خیر ہیں ہی نہیں، انگریزی غلامی کے باقی نشان ہیں۔ اور تمھاری تہذیب سامنتوں، پیسے والوں کے کھوکھلے زعم سے بڑھ کر کچھ بھی نہیں ہے۔ تمھارے خیالات انسانوں کے نہیں، حیوانوں کے ہیں۔' اندردت قدرتی طور پر جوش میں آ گئے۔

'خیر، آپ کو اپنی انسانیت مبارک رہے۔ ہم ہپوکریٹ لوگوں کو خوب جانتے ہیں اور انھیں دور ہی سے نمسکار کرتے ہیں۔'

بھولا شنکر تنک کر کھڑے ہو گئے۔ تیزی سے باہر چلے۔ دروازے پر پہنچ کر ماں سے کہا، 'تم دادا کو سمجھا دینا، اما۔ میں بھوک ہڑتال کی دھمکیوں سے ذرا بھی نہیں ڈروں گا۔ جان ہی تو دیں گے ... تو مریں نہ۔ مگر میں ان کو اپنے گھر میں یوں نہیں مرنے دوں گا۔ جائیں گنگا کنارے مریں ... یہاں ان کے لیے اب جگہ نہیں ہے۔'

'پر یہ گھر اکیلا تم لوگوں کا ہی نہیں ہے۔'

'خیر، یہ تو ہم کورٹ میں دیکھ لیں گے، اگر ضرورت پڑی تو۔ لیکن میرا اب اُن سے کوئی واسطہ نہیں رہا۔'

بھولا شنکر چلے گئے۔ بوا جی چپ چاپ سر جھکائے ٹپ ٹپ آنسو بہاتی رہیں۔ اِندردت مشتعل انداز میں بیٹھے تھے۔ جس کے پاس کسی بھی خاص چیز کی کمی رہی ہو، اس کے پاس وہ چیز تھوڑی ہی سی ہو جائے، تو بہت معلوم پڑتی ہے۔ اِندردت کے لیے اتنا غصہ اور اشتعال اسی طرح زیادہ معلوم ہو رہا تھا۔ پل بھر خاموش رہ کر جوش میں آ بوا جی کے ہاتھ میں ہاتھ رکھتے ہوئے کہا، 'تم اور پھوپھا جی، میرے گھر چل کر رہو، بوا۔ وہ بھی تو تمھارا ہی گھر ہے۔'

'تم اپنے پھوپھا جی سے بھولا کی باتوں کا ذکر نہ کرنا، بیٹا۔'

'نہیں۔'

'تم اپنے پھوپھا جی کا کسی طرح سے یہ برت تڑوا دو بیٹا۔ تمھیں بڑا پُن ہوگا۔ تمھیں میری آتما اٹھتے بیٹھتے دعائیں دے گی، میرا بھیا۔'

'میں اسی ارادے سے آیا ہوں۔ تم بھی چلو، بوا۔ تمھارا چہرہ کہہ رہا ہے کہ تم بھی ...'

'ارے، میری چنتا کیا ہے؟'

'ہاں، تمھاری چنتا نہیں۔ چنتا تو تمھیں اور پھوپھا جی کو کرنی ہے ... میری طرف سے۔ تم دونوں کے بھوجن کر لینے تک میں بھی اپنے وعدے پر اٹل رہوں گا۔'

بوا جی ایک پل سوچ میں پڑ گئیں۔ پھر میٹھی آواز میں سمجھا کر کہا، 'دیکھو بھیا اِندر، میرے لیے جیسے بھولا تربھون، ویسے تم۔ جیسا یہ گھر، ویسا وہ۔ آج تم اپنے پھوپھا جی کو کسی طرح کھلا لو، اُن کے برت ٹوٹنے کی خبر سنتے ہی، تمھاری قسم، میں آپ ہی ٹھاکر جی

کہ بھوک پالوں گی، لیکن اسی گھر میں کسی کے جی کو دُکھ ہو، بیٹا، ایسی بات نہیں کرنی جا۔ ہیے۔ کیا کہوں، تیرے پھوپھاجی کا کرودھ میری کچھ چلنے نہیں دیوے ہے۔ اپنے جی کو دکھ دیوے ہیں، سو دیوے ہیں، باقی بچّوں کے جی کو ٹھیس لگے ہے، اس کے لیے تو ہا ہی کیا جائے؟ کل جُگ کل جُگ کی طرح چلے گا، بھیا!'

اِندر دت کچھ دیر تک بواجی کی گھٹن کا کھلنا دیکھتے رہے۔

پانچ

پنڈت دیودھر جی بھٹ نے روزمرہ کے مطابق جُھٹ پٹے وقت میں اپنے بھتیجے کے اُنگن میں داخل ہو آواز لگائی، 'اِندر دت!'

'آیئے پھوپھاجی!'

تنگ، ٹوٹے، سلن بھری اینٹوں پر کھڑاؤں کی کھٹ کھٹ بڑھتی گئی۔ اِندر دت کٹہرے کے پاس کھڑے تھے۔ زینے کے دروازے سے باہر آتے ہوئے پنڈت دیودھر انھیں دکھائی دیئے۔ ان کے بھسم لگے ماتھے اور جسم پر پڑے جے شِو چھاپ کے دوپٹے میں ان کے جسم سے ایک نور سا پھوٹتا ہوا انھیں محسوس ہو رہا تھا۔ پھوپھاجی کے آتے ہی گھر بدل گیا۔ انھیں دیکھ کر ہر روز ایسا ہی محسوس ہوتا ہے، لیکن آج کی بات تو نیاری ہی تھی۔ پھوپھاجی کے چار دنوں کا برت آج اُن کی شخصیت کو اِندر دت کی نگاہ میں اور بھی زیادہ اقبال مند بنا رہا تھا۔ پھوپھاجی کو لے کر آج ان کا مَن بہت ہی جذباتی ہو رہا تھا، درد پا رہا تھا۔ اِندر دت نے محسوس کیا کہ پھوپھاجی کے چہرے پر کسی طرح کا اشتعال نہیں، بھوک کی تھکن نہیں، چہرہ سوکھا، کچھ اترا ہوا تھا، لیکن چہرے کی ستی نہیں بگڑی تھی۔ پنڈت دیودھر کی یہ بات اِندر دت کو بہت چھو رہی تھی۔

پنڈت جی آ کر چوکی پر بیٹھ گئے۔ اِندر دت ان کے سامنے موڑھے پر بیٹھے۔ گھر بٹنے کی وجہ سے ان کا بیٹھکا اجڑ گیا تھا۔ مہمان کے آنے پر اِندر دت شرم کے ساتھ اسی ٹوٹے کمرے میں اس کا استقبال کرتے ہیں۔ پھوپھاجی سے تو خیر کوئی پردہ نہیں۔

پنکھے کا رخ انھوں نے ان کی طرف کر دیا اور پھر بیٹھ گئے۔ کچھ دیر تک دونوں طرف سے خاموشی رہی پھر پھوپھاجی نے بات اٹھائی، ’تم ابھی گھر گئے تھے، سنا۔‘

’جی ہاں۔‘

’تمھاری بُوا مجھ سے کہہ رہی تھی۔ میں نے یہ بھی سنا ہے کہ تم میری وجہ سے کسی طرح کی بچوں کی سی ضد کرنے کی دھمکی بھی دے آئے ہو۔‘

’پنڈت دیودھر نے اپنا دوپٹہ اتار کر چوکی پر رکھ دیا۔ پالتھی مار کر وہ سیدھے تنے ہوئے بیٹھے تھے۔ ان کا تقریباً زرد پڑا ہوا گورا بدن ان کے بیٹھنے کے ڈھنگ کی وجہ سے ہی، ’اسپرِیچوَل‘ جھلک رہا تھا، ورنہ ان کا یہ پیلاپن ان کی گوری عمر کا بھی احساس دے رہا تھا۔

اندردت نے جستہ جستہ کہنا شروع کیا: ’میری ضد شوقیہ نہیں، بڑوں کی ضد میں تعاون ہے۔‘

’ان باتوں سے کچھ فائدہ نہیں اِندر۔ میری رفتار کے لیے میرے اپنے قاعدے ہیں۔‘

’اور میرے اپنے قاعدے بھی تو ہو سکتے ہیں۔‘

’تمھیں آزادی ہے۔‘

’تب میں نے بھی اگر انشن کا فیصلہ کیا ہے تو غلط نہیں ہے۔‘

’تم اپنے لیے میری محبت پر بوجھ لاد رہے ہو۔ میں آتم شدّھی کے لیے برت کر رہا ہوں... پُرکھوں کے عبادت گاہ کی جو بے درگتی ہوئی ہے، وہ میرے ہی کسی پاپ کی وجہ سے ـــــ اپنے باطن کی گنگا سے مجھے سرسوتی کا مندر دھونا ہی پڑے گا۔ تم اپنا اصرار لوٹا لو بیٹا۔‘

ایک منٹ کے لیے کمرے میں پھر سناٹا چھا گیا، صرف پنکھے کی گونج ہی اس خاموشی میں لہریں اٹھا رہی تھیں۔

اندردت نے شانت آواز میں کہا، ’ایک بات پوچھوں؟ مندر میں کتّے کے داخلے سے اگر بھگوتی اُپوتر ہو جاتی ہیں تو پھر ذرّے ذرّے میں ایشور کے ہونے کا احساس بالکل جھوٹا ہے، ایک ایشور پوتر اور دوسرا اُپوتر کیوں مانا جائے؟‘

پنڈت دیو دھر چپ بیٹھے رہے۔ پھر گمبھیر ہو کر کہا، 'ہندو دھرم بڑا گوڑھ ہے۔ تم اس جھگڑے میں نہ پڑو۔'

'میں اس جھگڑے میں نہ پڑوں گا، پھوپھا جی، لیکن ایک بات سوچتا ہوں... بھگوان رام اگر پریم کے وَش میں ہو کر شبری کے جھوٹے بیر کھا سکتے تھے، ہندو لوگ اگر اس ناانصافی میں یقین رکھتے ہیں، تو پھر چھوت اچھوت کا کوئی سوال ہی نہیں رہ جاتا۔ یدھشٹر نے اپنے ساتھ ساتھ چلنے والے کتے کے بغیر سورگ میں جانے تک سے انکار کر دیا تھا۔ یہ سب کہانیاں کیا ہندو دھرم کی فضیلت بکھانتے والی نہیں ہیں؟ کیا یہ اہم احساس نہیں ہے؟ پھر ان کے برعکس چھوا چھوت کے ڈر سے چھوٹی موٹی ہونے والی دقیق دھرم کی فضیلت کو آپ کیوں مانتے ہیں؟ ان رواجوں سے بندھ کر انسان کیا اپنے کو چھوٹا نہیں کر لیتا؟'

پنڈت جی خاموشی سے سنتے رہے۔ اندردت کو ڈر ہوا کہ بُرا نہ مان گئے ہوں۔ فوراً بولے، 'میں کسی حد تک مشتعل ضرور ہوں، لیکن جو کچھ پوچھ رہا ہوں تجسس کے طور پر ہی۔'

'ٹھیک ہے!' پنڈت جی بولے، 'ہمارے یہاں اخلاق کی بڑی فضیلت ہے۔ منوسمرتی میں آیا ہے کہ 'اچارہ پرتھمو دھرمہ' جیسا اخلاق ہوگا، ویسے ہی خیالات بھی ہوں گے۔ تم صاف ستھرے چلن کو بُرا مانتے ہو؟'

'جی نہیں۔'

'تب میرا اخلاق کیوں بھرشٹ کرا رہے ہو؟'

'ایسی جرأت کرنے کا خیال خواب میں بھی میرے دل میں نہیں آسکتا۔ ہاں، آپ سے معافی مانگتے ہوئے یہ ضرور کہوں گا کہ آپ کے اطوار نئے زمانے کو ذہنی قوت نہیں دے پا رہے ہیں۔ اس لیے ان کی قدر میرے لیے کچھ نہیں کے برابر ہے۔ میں بد اخلاق نہیں ہوں پھوپھا جی، لیکن سچ سچ یہ محسوس کرتا ہوں کہ دنیا آگے بڑھ رہی ہے اور آپ کا نظریہ بغیر مطلب کے روڑے کی طرح اس کی رفتار کو روکتا ہے... لیکن اس وقت جانے دیجیے... میں تو یہی گزارش کرنے گھر گیا تھا اور یہی میری التجا ہے کہ آپ کھانا کھائیں۔'

پنڈت جی مسکرائے۔ اِندر دت کے دل میں امید جاگی۔ پنڈت جی بولے، 'کھاؤں گا' ایک شرط پر۔'

'حکم کیجیے۔'

'جو میرے، یعنی پرانی روایت کے، یم نیم، سینتم وغیرہ ہیں، آج سے تمھیں بھی نبھانے پڑیں گے، کیوں کہ جن کی قدر تمھاری نگاہ میں کچھ نہیں، وہ اطوار، خیالات میرے لیے جان سے بھی زیادہ قیمتی ہیں۔'

اِندر دت حیران رہ گئے۔ وہ کبھی سوچ بھی نہیں سکتے تھے کہ پھوپھا جی اچانک انہونی شرط سے انھیں باندھنے کی کوشش کریں گے۔ پوچھا، 'کب تک نبھانا پڑے گا؟'

'تا عمر۔'

اندر دت حواس باختہ رہ گئے۔ جن اصولوں میں ان کی عقیدت نہیں، جو چیز اُن کے خیالات کے مطابق انسان کو اندھی عقیدتوں سے جکڑ دیتی ہے، اور جو ہندستانی تہذیب کا بدنما داغ ہے، ان سے اُن کا بیدار دل بھلا کیوں کر بندھ سکتا ہے؟ ہاں کہیں، تو کیسے کہیں؟ انھوں نے اِس برت، اصول، ایثار، معجزے اور جھوٹے عقائد پر ہندو دھرم کو سماج پر شدید ظلم کرتے دیکھا ہے۔ اپنے آپ کو طرح طرح سے ستا کر مذہبی کہلانے والا شخص اس ملک کو غارت میں لے گیا۔ اس سخت زندگی کو جینے والے 'خوش اخلاقی' برہمن دھرم نے اس ملک کی خواتین اور پس ماندہ کہی جانے والی ذاتوں کو صدیوں تک غلامی کی چکّی میں بری طرح پیسا ہے اور اب بھی کافی حد تک پیس رہا ہے۔ ہوسکتا ہے کہ انسان کے ہوش کے اُگتے یُگ میں اس پاک صاف کہلانے والے اطوار نے تاریکی میں ترقی یافتہ خیالات کی روشنی جلائی ہو، لیکن اب نو صدیوں سے اسی جھوٹے دھرم نے اوسط ہندوستانی کو غلام، اندھے عقیدے سے اور شدید طور سے ظلم کو برداشت کرنے والا، جھوٹی خدائی طاقتوں پر یعنی اپنی ہی دھوکہ دینے والی، لبھاؤنی، ناممکن تصورات پر یقین کرنے والا، جھوٹا، قدری بنا کر ملک کی کمر توڑ رکھی ہے۔ اس نے اوسط ہندوستانی سے خود اعتمادی چھین لی ہے۔ اس جمود کے خلاف اُپنشد جگے، انسانی دھرم جگا، یوگ کا علم جاگا، بودھ، بھاگوت دھرم جاگا، قرونِ وسطیٰ کی سنت تحریک اٹھی اور آج کے سائنسی زمانے نے تو اسے ایک دم

لایعنی ثابت کر ہمیشہ سے لیے اس کی قبر ہی کھود دی ہے۔ یہ جامد دھرم کبھی ہندوستان کو عظیم نہیں بنا سکا ہوگا۔ ہندوستان کی عظمت اس کے کرم یوگ میں ہے، اس کے وسیع انسانی نظریے میں ہے، ویاس، والمیکی وغیرہ کے اعلیٰ آزاد خیال احساسات میں ہے۔ قدیم ہندوستان کے فلسفے، عدل وانصاف، ادب، فن پارے، موسیقی وغیرہ اس جامد دھرم کی آنچ ہرگز نہیں ہوسکتے۔ پھر بھی یہ جمود ہندوستان پر عرصے سے بھوت کی طرح چھایا ہوا ہے۔ اسی سے نفرت کرنے کی وجہ سے آج کا نیا ہندوستانی بغیر جانچ پڑتال کیے، اپنی ساری روایتوں سے نفرت کرتے ہوئے، بے اصول، بےعقیدہ اور بے عمل ہوگیا ہے ... نہیں، وہ پھوپھاجی کا دھرم ہرگز نہ نبھا سکیں گے، ہرگز نہیں، ہرگز نہیں۔ لیکن وہ کھانا کیسے کھائیں گے؟ بواجی پھر کیسے اور کب تک کھانا کھائیں گی؟ کیسا المیہ ہے؟ دو انسانوں کے موت کی اخلاقی ذمہ داری اُن کے کے اوپر آسکتی ہے گی۔

پنڈت دیودھر نے انھیں خاموش دیکھ کر پوچھا، 'کہو، کھانا کھلاؤ گے مجھے؟'

'جی ... میں عجیب مصیبت میں پڑ گیا ہوں۔'

'صاف کہو، میرا دھرم قبول کروگے؟'

'پھوپھاجی، آپ بہت مانگ رہے ہیں۔ میرا یقین مانگ رہے ہیں۔ میں آپ کے دھرم کو اِس یُگ کا دھرم نہیں مانتا، اپنا نہیں مانتا۔'

'میں تمھاری صاف گوئی سے خوش ہوں۔ تم مذہبی ہو، اسی طرح اپنے سے مجھ کو پہچانو۔ میں اپنا دھرم نہیں چھوڑ سکتا۔ حالاں کہ تمھاری صحبت سے میں نے اتنے دنوں میں یہ سمجھ لیا ہے کہ میرا یُگ، میرا دھرم اب ہمیشہ کے لیے ختم ہو رہا ہے، پھر بھی میری آخری سانس تک تو ہرگز نہیں۔ میرا عقیدہ مضبوط ہے۔ تمھارا بھلا ہو، سکھی ہو، بیٹا... اچھا، تو اب میں چلوں...'

لیکن میرا بھوک ہڑتال کا ارادہ غیر متزلزل ہے، پھوپھاجی۔ میں آپ کے چرن چھوکر کہہ رہا ہوں۔'

'پیر چھوڑ دو بیٹے، ان پیروں میں پہلے ہی جمود سما چکا ہے... اور اب تو زندگی کے ساتھ ہی مٹے گا، ورنہ نہیں... خیر، کل سوچ لینا، اپنے بھول ہڑتال پر...'

آخری جملہ پنڈت جی نے اس طرح کہا کہ اِندردت کو کافی تیز جھٹکا لگا۔ لیکن وہ خاموش رہنے پر مجبور تھے۔ پنڈت دیودھر چلنے لگے۔ اِندردت کے دل میں خوفناک طوفان اٹھ رہا تھا۔ وہ ہار گئے تھے۔ بوا جی کو کیا جواب دیں گے؟ اس بے رفتاری کا انجام کیا ہوگا؟ کیا وہ پھوپھا جی کی بات مان لیں؟ ... کیسے مان لیں! یہ ٹھیک ہے کہ پھوپھا جی اپنے دھرم پر کس طرح قائم ہیں، یہ پابندی انھیں بے حد متاثر کرتی ہے، پھر بھی ان کے مذہب کو وہ کیوں کر قبول کریں؟

پنڈت دیودھر جی زینے پر پہنچ کر رُکے۔ اِندردت اُن کے پیچھے پیچھے چل رہے تھے۔ پنڈت جی گھوم کر بولے، 'تمھاری قدروں میں میرا کوئی عقیدہ نہیں ہے، اِندر، پھر بھی اس کے حقیقی حصے کو کچھ کچھ دیکھ ضرور رہا ہوں۔ ایک بات اور واضح کرنا چاہتا ہوں، کیا تم بھولا، ترِبھون کے دھرم کو آج کا، کسی بھی زمانے کا حقیقی دھرم مانتے ہو؟'

'جی نہیں، ان کا کوئی دھرم ہی نہیں ہے۔'

'تمھارا بھلا ہو بیٹے۔ دولت اور نشہ سے پیدا شدہ اس کھوکھلے دھرم سے ہمیشہ لڑنا، جیسے میں لڑا۔ تم اپنی رائے کے مطابق لڑو، لیکن لڑو ضرور۔ یہ بے عقیدہ غرور سے پُر غیر فلسفیانہ، غیر مذہبی زندگی زمانے کے لیے غیر بہبودانہ ہے۔ بولو، وچن دیتے ہو؟'

'میں آپ کو اپنا وشواس دیتا ہوں۔' کہہ کر اِندردت نے پھوپھا جی کے چرن چھو لیے۔

کھڑاؤں کی کھٹ کھٹ زینے سے اتر گئی، آنگن پار کیا، دور چلے۔ اِندردت آ کر کٹے پیڑ سے اپنے پلنگ پر گر گئے۔ نیا زمانہ پرانے زمانے سے اپنی خوشی

سے رخصت ہو رہا تھا، لیکن رخصت ہوتے وقت کتنی زبردست محبت تھی اور کتنا بے مہر برتاؤ بھی۔

ھری شنکر پرسائی

بھولارام کی روح

ایسا کبھی نہیں ہوا تھا.....

دھرم راج لاکھوں برسوں سے بے شمار آدمیوں کو عمل اور سفارش کی بنیاد پر سورگ یا نرک میں جگہیں الاٹ کرتے آرہے تھے —— لیکن ایسا کبھی نہیں ہوا تھا۔

سامنے بیٹھے چترگپت بار بار چشمہ پونچھ، بار بار تھوک سے پنّے پلٹ، رجسٹر دیکھ رہے تھے۔ غلطی پکڑ میں ہی نہیں آرہی تھی۔ آخر انھوں نے جھلا کر رجسٹر اتنے زور سے بند کیا کہ ایک مکھی چپیٹ میں آ گئی۔ اُسے نکالتے ہوئے وہ بولے' مہاراج ریکارڈ سب ٹھیک ہے۔ بھولارام کی روح نے پانچ دن پہلے جسم چھوڑا اور یم دُوت کے ساتھ اس لوک کے لیے روانہ بھی ہوا۔ لیکن یہاں ابھی تک نہیں پہنچا'۔

دھرم راج نے پوچھا، ' اور وہ دُوت کہاں ہے؟

' مہاراج، وہ بھی لاپتہ ہے'۔

اسی وقت دروازہ کھلا اور یم دُوت بہت بدحواس سا وہاں آیا۔ اس کا اصل بدصورت چہرہ، محنت، پریشانی اور خوف کی وجہ سے اور بھی بدنما ہو گیا تھا۔ اُسے دیکھتے ہی چترگپت چیخ اٹھے، ' ارے، تو کہاں رہا اتنے دن؟ بھولارام کی روح کہاں ہے؟'

یم دوت ہاتھ جوڑ کر بولا،' دیا ندھان، میں کیسے بتاؤں کہ کیا ہوگیا۔ آج

تک میں نے دھوکہ نہیں کھایا تھا، لیکن اس بار بھولا رام کی روح مجھے چکمہ دے گئی۔ پانچ دن پہلے جب روح نے بھولا کا جسم چھوڑا، تب میں نے اسے پکڑا اور اس لوک کی یاترا شروع کی۔ نگر کے باہر جوں ہی میں اسے لے کر ایک ہوا کی لہر پر سوار ہوا، توں ہی وہ میرے چنگل سے چھوٹ کر نہ جانے کہاں غائب ہو گیا۔ ان پانچ دنوں میں میں نے سارا برہمانڈ چھان ڈالا، لیکن اس کا کہیں پتہ نہیں چلا۔'

دھرم راج غصے سے بولے، 'مورکھ، روحوں کو لاتے لاتے بوڑھا ہو گیا۔ پھر بھی ایک معمولی بوڑھے آدمی کی روح نے تجھے چکمہ دے دیا۔'

دُوت نے سر جھکا کر کہا، 'مہاراج، میری سادھنا میں بالکل کمی نہیں تھی۔ میرے ان عادی ہاتھوں سے اچھے اچھے وکیل بھی نہیں چھوٹ سکے، لیکن اس بار تو کوئی اندرجال ہی ہو گیا۔'

چتر گپت نے کہا، 'مہاراج، آج کل پرتھوی پر اس طرح کا بیوپار بہت چل رہا ہے۔ لوگ دوستوں کو پھل بھیجتے ہیں اور وہ راستے میں ہی ریلوے والے اُڑا لیتے ہیں۔ ہوزری کے پارسلوں کے موزے ریلوے افسر پہنتے ہیں مال گاڑی کے ڈبّے کے ڈبّے راستے میں کٹ جاتے ہیں۔ ایک بات اور ہو رہی ہے۔ سیاسی پارٹیوں کے لیڈر اپوزیشن پارٹی کے لیڈر کو اڑا کر کہیں بند کر دیتے ہیں۔ کہیں بھولا رام کی روح کو بھی تو کسی مخالف نے مرنے کے بعد بھی خرابی کرنے کے لیے نہیں اڑا دیا؟'

دھرم راج نے طنز سے چتر گپت کی طرف دیکھتے ہوئے کہا، 'تمھاری بھی ریٹائر ہونے کی عمر آ گئی ہے۔ بھلا بھولا رام جیسے معمولی، غریب آدمی سے کسی کو کیا لینا دینا؟'

اسی وقت کہیں سے گھومتے پھرتے نارد مُنی وہاں آ گئے۔ دھرم راج کو گُم صُم بیٹھے دیکھ کر بولے، 'کیوں دھرم راج، کیسے فکر مند بیٹھے ہیں؟ کیا نرک میں رہائش کا مسئلہ ابھی حل نہیں ہوا؟'

دھرم راج نے کہا، 'وہاں کا مسئلہ تو کبھی کا حل ہو گیا، مُنیور! نرک میں پچھلے سالوں میں بڑے ہُنر مند کاریگر آ گئے ہیں۔ کئی عمارتوں کے ٹھیکیدار ہیں،

جنھوں نے پورے پیسے لے کر ردّی عمارتیں بنائیں۔ بڑے بڑے انجینیئر بھی آگئے ہیں، جنھوں نے ٹھیکیداروں سے مل کر بھارت کے پانچ سالہ منصوبے کا پیسہ کھایا، اوورسیر ہیں، جنھوں نے ان مزدوروں کی حاضری بھر کر پیسہ ہڑپا، جو کبھی کام پر گئے ہی نہیں۔ انھوں نے بہت جلد نرک میں کئی عمارتیں تان دی ہیں۔ وہ مسئلہ تو حل ہو گیا۔ بھولارام نام کے ایک آدمی کی پانچ دن پہلے موت ہوئی۔ اس کی روح کو یہ دُوت یہاں لا رہا تھا، کہ روح اسے راستے میں چکمہ دے کر بھاگ گئی۔ اس نے سارا برہمانڈ چھان ڈالا، لیکن وہ کہیں نہیں ملی۔ اگر ایسا ہونے لگا، تو پاپ پُنیہ کا فرق ہی مٹ جائے گا۔'

نارد نے پوچھا، 'اس پر انکم ٹیکس تو باقی نہیں تھا؟ ہو سکتا ہے، اُن لوگوں نے روک لیا ہو۔'

چترگپت نے کہا، 'انکم ہوتی تو ٹیکس ہوتا.... بھوک سے مرا تھا۔'

نارد بولے، 'معاملہ دلچسپ ہے۔ اچھا، مجھے اس کا نام پتا تو بتاؤ۔ میں دھرتی پر جاتا ہوں۔'

چترگپت نے رجسٹر دیکھ کر بتایا، 'بھولارام نام تھا اس کا۔ جبلپور شہر کے گھماپور محلے میں نالے کے کنارے ایک ڈیڑھ کمرے کے ٹوٹے پھوٹے مکان میں وہ اپنے خاندان سمیت رہتا تھا۔ اس کی ایک بیوی تھی، دو لڑکے اور ایک لڑکی۔ عمر لگ بھگ ساٹھ سال۔ سرکاری نوکر تھا، پانچ سال پہلے ریٹائر ہو گیا تھا۔ مکان کا کرایہ اس نے ایک سال سے نہیں دیا تھا، اس لیے مکان مالک اسے نکالنا چاہتا تھا۔ اتنے میں بھولارام نے سنسار ہی چھوڑ دیا۔ آج پانچواں دن ہے۔ بہت ممکن ہے کہ اگر مکان مالک اصل مکان مالک ہے، تو اس نے بھولارام کے مرتے ہی، اس کے گھر والوں کو نکال دیا ہو۔ اس لیے آپ کو اس کے گھر والوں کی تلاش میں کافی گھومنا پڑے گا۔'

ماں بیٹی کی ملی جلی رُلائی سے ہی نارد بھولارام کا مکان پہچان گئے۔

دروازے پر جا کر انھوں نے آواز لگائی، 'نارائن! نارائن!' لڑکی

نے دیکھ کر کہا، ’ آگے جاؤ، مہاراج ۔‘

نارد نے کہا، ’ مجھے بھٹکنا نہیں چاہیے ۔ مجھے بھولا رام کے بارے میں کچھ پوچھ تاچھ کرنی ہے ۔ اپنی ماں کو ذرا باہر بھیجو، بیٹی ! ‘

بھولا رام کی بیوی باہر آئی ۔ نارد نے کہا ’ ماتا، بھولا رام کو کیا بیماری تھی ؟ ‘

’ کیا بتاؤں ؟ غریبی کی بیماری تھی ۔ پانچ سال ہو گئے، پنشن پر بیٹھے، لیکن پنشن ابھی تک نہیں ملی ۔ ہر دس پندرہ دن میں ایک درخواست دیتے تھے، لیکن یا تو وہاں سے کوئی جواب ہی نہیں آتا تھا اور آتا، تو یہی کہ تمھاری پنشن کے معاملے پر مشورہ ہو رہا ہے ۔ ان پانچ سالوں میں میرے سارے گہنے بیچ کر ہم لوگ کھا گئے ۔ پھر برتن بکے ۔ اب کچھ نہیں بچا تھا ۔ فاقے ہونے لگے تھے ۔ فکر میں گھلتے گھلتے اور بھوکے مرتے مرتے انھوں نے دم توڑ دیا ۔‘

نارد نے کہا، ’ کیا کروگی، ماں ؟ ..... ان کی اتنی ہی عمر تھی ۔‘

’ ایسا مت کہو، مہاراج ! عمر تو بہت تھی ۔ پچاس ساٹھ روپے ماہانہ پنشن ملتی، تو کچھ اور کام کہیں کر کے گزارہ ہو جاتا، لیکن کیا کریں ؟ پانچ سال نوکری سے بیٹھے ہو گئے اور ابھی تک ایک کوڑی نہیں ملی ۔‘

دکھ کی کہانی سننے کی فرصت نارد کو تھی نہیں ۔ وہ اپنے مقصد پر آئے، ’ ماں یہ بتاؤ کہ یہاں کسی سے کیا انھیں خاص محبت تھی، جس میں ان کا جی لگا ہو ؟ ‘

بیوی بولی، ’ لگاؤ تو مہاراج، بال بچوں سے ہی ہوتا ہے ۔‘

’ نہیں، گھر کے باہر بھی ہو سکتا ہے ۔ میرا مطلب ہے، کسی عورت ....‘

عورت نے غرّا کر نارد کی طرف دیکھا ۔ بولی ’ بکومت، مہاراج، تم سادھو ہو، کوئی لچے لفنگے نہیں ہو ۔ زندگی بھر انھوں نے کسی دوسری عورت کو آنکھ اٹھا کر بھی نہیں دیکھا ۔‘

نارد ہنس کر بولے، ’ ہاں، تمھارا یہ سوچنا ٹھیک ہی ہے ۔ یہی بھرم ہر اچھی گرہستی کی بنیاد ہے ۔ اچھا، ماتا، میں چلا ۔‘

عورت نے کہا، ’ مہاراج، آپ تو سادھو ہیں، سدھ پورش ہیں ۔ کچھ ایسا

نہیں کر سکتے کہ اُن کی رُکی ہوئی پنشن مل جائے۔ ان بچّوں کا پیٹ کچھ دن بھر جائے گا۔'

نارد کو رحم آگیا تھا۔ وہ کہنے لگے، 'سادھوؤں کی بات کون مانتا ہے؟ میرا یہاں کوئی مٹھ تو ہے نہیں۔ پھر بھی سرکاری دفتر میں جاکر کوشش کروں گا۔'

وہاں سے چل کر نارد سرکاری دفتر پہنچے۔ وہاں پہلے ہی کمرے میں بیٹھے بابو سے انھوں نے بھولا رام کے کیس کے بارے میں باتیں کیں۔ اس بابو نے انھیں غور سے دیکھا اور بولا، 'بھولا رام نے درخواستیں تو بھیجی تھیں، لیکن ان پر وزن نہیں رکھا تھا، اس لیے کہیں اُڑ گئی ہوں گی۔'

نارد نے کہا، 'یہ بہت سے پیپر ویٹ تو رکھے ہیں۔ انھیں کیوں نہیں رکھ دیا؟'

بابو ہنسا، 'آپ سادھو ہیں، آپ کو دنیاداری سمجھ میں نہیں آتی۔ درخواستیں پیپر ویٹ سے نہیں دبتیں..... خیر، آپ اس کمرے میں بیٹھے بابو سے ملیے۔'

نارد اس بابو کے پاس گئے۔ اس نے تیسرے کے پاس بھیجا، تیسرے نے چوتھے کے پاس، چوتھے نے پانچویں کے پاس۔ جب نارد پچیس تیس بابوؤں اور افسروں کے پاس گھوم آئے، تب ایک چپراسی نے کہا، 'مہاراج، آپ کیوں اس جھنجھٹ میں پڑ گئے۔ اگر آپ سال بھر بھی یہاں چکّر لگاتے رہیں، تو بھی کام نہیں ہوگا۔ آپ تو سیدھے بڑے صاحب سے ملیے۔ انھیں خوش کر لیا تو ابھی کام ہو جائے گا۔'

نارد بڑے صاحب کے کمرے میں پہنچے۔ باہر چپراسی اونگھ رہا تھا، اس لیے انھیں کسی نے چھیڑا نہیں۔ انھیں بنا ویزیٹنگ کارڈ کے آیا دیکھ، صاحب بڑے ناراض ہوئے۔ بولے، 'اسے کوئی مندر وندر سمجھ لیا ہے کیا؟ گھڑ گھڑاتے چلے آئے۔ چٹ کیوں نہیں بھیجی؟'

نارد نے کہا، 'کیسے بھیجتا؟ چپراسی سو رہا ہے۔'

'کیا کام ہے؟' صاحب نے رعب سے پوچھا۔

نارد نے بھولا رام کی پنشن کا کیس بتایا۔

صاحب بولے، 'آپ ہیں بیراگی، دفتروں کے ریت رواج نہیں جانتے۔ اصل میں بھولارام نے غلطی کی۔ بھئی یہ بھی ایک مندر ہے۔ یہاں بھی دان، پُنیہ کرنا پڑتا ہے۔ بھینٹ چڑھانی پڑتی ہے۔ آپ بھولارام کے سگے معلوم ہوتے ہیں۔ بھولا رام کی درخواستیں اُڑ رہی ہیں، ان پر وزن رکھیے۔'

نارد نے سوچا پھر یہاں وزن کا مسئلہ کھڑا ہو گیا۔ صاحب بولے، 'بھئی، سرکاری پیسے کا معاملہ ہے۔ پنشن کا کیس بیسیوں دفتروں میں جاتا ہے۔ دیر لگ ہی جاتی ہے۔ بیسیوں بار ایک ہی بات کو بیس جگہ لکھنا پڑتا ہے، تب پکّی ہوتی ہے۔ جتنی پنشن ملتی ہے اتنی قیمت کی اسٹیشنری لگ جاتی ہے۔ ہاں، جلدی بھی ہو سکتی ہے، مگر...' صاحب رُکے۔

نارد نے کہا، 'مگر کیا؟'

صاحب نے تیکھی مسکان کے ساتھ کہا، 'مگر وزن چاہیے۔ آپ سمجھے نہیں۔ جیسے آپ کی یہ سُندر وینا ہے، اس کا بھی وزن بھولارام کی درخواست پر رکھا جا سکتا ہے۔ میری لڑکی گانا بجانا سیکھتی ہے۔ یہ میں اُسے دے دوں گا۔ سادھوؤں کی وینا سے تو اور اچھی آواز نکلتی ہے۔ لڑکی جلدی سنگیت سیکھ گئی، تو اس کی شادی ہو جائے گی۔'

نارد اپنی وینا چھنتے دیکھ کر ذرا گھبرائے، لیکن پھر سنبھل کر انھوں نے وینا ٹیبل پر رکھ کر کہا، 'یہ لیجیے۔ اب ذرا جلدی اس کی پنشن کا آرڈر نکال دیجیے۔'

صاحب نے بخوشی انھیں کرسی دی، وینا کو ایک کونے میں رکھا اور گھنٹی بجائی۔ چپراسی حاضر ہوا۔

صاحب نے حکم دیا، 'بڑے بابو سے بھولارام کے کیس کی فائل لاؤ۔'

تھوڑی دیر بعد چپراسی بھولارام کی سو ڈیڑھ سو درخواستوں سے بھری فائل لے کر آیا۔ اس میں پنشن کے کاغذات بھی تھے۔ صاحب نے فائل پر درج نام دیکھا اور یقین کرنے کے لیے پوچھا، 'کیا نام بتایا، سادھو جی، آپ نے؟'

نارد نے سمجھا کہ صاحب کچھ اونچا سنتا ہے، اس لیے زور سے بولے، 'بھولارام!'

اچانک فائل میں سے آواز آئی، 'کون پکار رہا ہے مجھے؟ پوسٹ مین ہے کیا؟ پنشن کا آرڈر آ گیا؟'

صاحب ڈر کر کرسی سے لڑھک گئے۔ نارد بھی چونکے۔ لیکن دوسرے ہی پل بات سمجھ گئے، بولے، 'بھولارام، تم کیا بھولارام کی روح ہو؟'

'ہاں!' آواز آئی۔

نارد نے کہا، 'میں نارد ہوں۔ میں تمھیں لینے آیا ہوں۔ چلو سورگ میں تمھارا انتظار ہو رہا ہے۔'

آواز آئی، 'مجھے نہیں جانا۔ میں تو پنشن کی درخواستوں میں اٹکا ہوں۔ یہیں میرا من لگا ہے۔ میں اپنی درخواستیں چھوڑ کر نہیں جا سکتا۔'

بھیشم ساہنی

وانگ چو

تبھی دور سے وانگ چو آتا دکھائی دیا۔
ندی کے کنارے لال منڈی کی سڑک پر دھیرے دھیرے ڈولتا سا چلا آرہا تھا۔ گیروا رنگ کا چغہ پہنے تھا۔ اور دور سے لگتا تھا کہ بُدھ بھکشوؤں کی طرح اس کا بھی سر منڈا ہوا ہے۔ پیچھے شنکر آچاریہ کی اونچی پہاڑی تھی اور اوپر شفاف نیلا آسمان سڑک کے دونوں کنارے اونچے اونچے سفیدے کے پیڑوں کی قطاریں۔ پل بھر کے لیے مجھے لگا جیسے وانگ چو تاریخ کے صفحات سے اتر کر آگیا ہے۔ پرانے زمانے میں اسی طرح دیش بدیش سے آنے والے بدھ بھکشو پہاڑوں اور گھاٹیوں کو لانگھ کر بھارت میں آیا کرتے ہوں گے۔ ماضی کے ایسے ہی خوش رنگ دھندلکے میں وانگ چو بھی چلتا ہوا نظر آیا۔ جب سے وہ سری نگر آیا تھا بدھ وہاروں کے کھنڈروں اور عجائب گھروں میں گھوم رہا تھا۔ اس وقت بھی وہ لال منڈی کے عجائب گھر سے نکل کر آرہا تھا۔ جہاں بودھی عہد کے نوادرات رکھے ہیں۔ اس کی ذہنی کیفیت کو دیکھتے ہوئے لگ رہا تھا کہ وہ سچ مچ حال سے کٹ کر ماضی کے ہی کسی عہد گم گشتہ میں محو تھا۔
'بودھیوں سے ملاقات ہوگئی؟' پاس آنے پر میں نے چٹکی لی۔
وہ مسکرا دیا۔ ہلکی ٹیڑھی سی مسکان، جیسے میری موسیری بہن ڈیڑھ دانت کی

مسکان کہا کرتی تھی۔ کیوں کہ مسکراتے وقت وانگ چو کا اوپری ہونٹ صرف ایک طرف سے تھوڑا سا اوپر کو اٹھتا تھا۔

'عجائب گھر کے باہر بہت سی مورتیاں رکھی ہیں، میں وہی دیکھتا رہا،' اس نے دھیرے سے کہا۔ پھر وہ یکایک جذباتی ہو کر بولا، 'ایک مورتی کے صرف پیر ہی پیر بچے ہیں۔'

میں نے سوچا آگے کچھ کہے گا، لیکن وہ اس قدر جذباتی ہو گیا تھا کہ اس کا گلا رُندھ گیا اور اس کے لیے بولنا ناممکن ہو گیا۔

ہم ایک ساتھ گھر کی طرف لوٹنے لگے۔

'مہاپران کے بھی پیر ہی پہلے دکھائے جاتے تھے۔' اس نے کانپتی سی آواز میں کہا اور اپنا ہاتھ میری کہنی پر رکھ دیا۔ اس کے ہاتھ کی ہلکی سی تھرتھراہٹ دھڑکتے دل کی طرح محسوس ہو رہی تھی۔

'شروع شروع میں مہاپران کی مورتیاں نہیں بنائی جاتی تھیں نا۔ تم تو جانتے ہو پہلے ستوپ کے نیچے صرف پاؤں ہی دکھائے جاتے تھے۔ مورتیاں تو بعد میں بنائی جانے لگی تھیں۔' ظاہر ہے بودھی کے پیر دیکھ کر اسے مہاپران کے پیر یاد آنے لگے تھے اور وہ جذباتی ہو اٹھا تھا۔ کچھ پتہ نہیں چلتا تھا کہ کون سی بات کس وقت وانگ چو کو شادماں کر دے۔

'تم نے بہت دیر کر دی۔ سبھی لوگ تمہارا انتظار کر رہے تھے۔ میں چناروں کے نیچے بھی تمھیں کھوج آیا ہوں۔' میں نے کہا۔

'میں عجائب گھر میں تھا۔'

'وہ تو ٹھیک ہے۔ لیکن دو بجے تک ہمیں ہبّاکدل تک پہنچ جانا چاہیے۔ ورنہ جانے کا کوئی فائدہ نہیں ہے۔'

اس نے چھوٹے چھوٹے جھٹکوں کے ساتھ تین بار سر ہلایا اور قدم بڑھا دیے۔

وانگ چو بھارت میں متوالا بنا گھوم رہا تھا۔ وہ مہاپران کی جائے پیدائش لُمبنی کا سفر ننگے پاؤں کر چکا تھا۔ سارا راستہ ہاتھ جوڑے ہوئے، جس جس سمت میں مہاپران کے مبارک قدم اٹھے تھے — وانگ چو سحرزدہ سا اس سمت

ہیں گھوم آیا تھا۔ سارناتھ میں، جہاں مہاپران نے اپنا پہلا وعظ کیا تھا اور ہرن کے دو بچے سحرزدہ سے جھاڑیوں میں سے نکل کر ان کی طرف دیکھتے رہ گئے تھے۔ وانگ چو گھنٹوں ایک پیپل کے پیڑ کے نیچے عقیدت سے سرشار بیٹھا تھا۔ یہاں تک کہ خود اس کے بقول اس کے لاشعور میں غیر واضح سے الفاظ گونجنے لگے تھے اور اسے لگا تھا جیسے مہاپران کا پہلا وعظ سن رہا ہے۔ وہ اس عبادت بھرے تصور میں اتنا گہرا ڈوب گیا تھا کہ سارناتھ میں ہی رہنے لگا تھا۔ گنگا کی دھارا کو وہ ہزاروں برس کے دھندلکے میں مقدس دریا کے روپ میں دیکھتا۔

جب سے سری نگر میں آیا تھا، برف سے ڈھکے پہاڑوں کی چوٹیوں کی طرف دیکھتے ہوئے اکثر مجھ سے کہتا، 'وہ راستہ لہاسا کو جاتا ہے نا! اسی راستے بدھ دھرم کی کتابیں تبت بھیجی گئی تھیں'۔ وہ ان پہاڑی سلسلوں کو متبرک مانتا تھا کیوں کہ ان پر بچی پگڈنڈیوں کے راستے بودھ بھکشو تبت کی طرف گئے تھے۔

وانگ چو کچھ عرصہ پہلے بدھ پروفیسر تان شان کے ساتھ بھارت آیا تھا۔ کچھ دنوں تک وہ انھیں کے ساتھ رہا اور ہندی و انگریزی زبان سیکھتا رہا۔ پھر پروفیسر شان چین لوٹ گئے اور وہ یہیں رہ گیا۔ اور کسی بودھ سوسائٹی سے گرانٹ حاصل کر کے سارناتھ میں آ کر بیٹھ گیا۔ وہ فطرت کی نیرنگیوں کا دلدادہ ایسا ذی روح جو ماضی کی دل کش تخیلاتی دنیا میں ہی عمر بسر کرنا چاہتا تھا۔ وہ یہاں حقیقت کی کھوج کرنے نہیں آیا تھا، وہ تو بودھیوں کی مورتیوں کو دیکھ شادماں ہونے آیا تھا۔ مہینے بھر سے عجائب گھروں کے چکر کاٹ رہا تھا، لیکن اس نے کبھی نہیں بتایا کہ بدھ دھرم کی کس تعلیم سے اُسے سب سے زیادہ ترغیب ملتی ہے۔ نہ تو وہ کسی حقیقت کو پاکر خوشی سے کھِل اٹھتا ہے۔ نہ اُسے کوئی تضاد پریشان کرتا۔ وہ بھگت زیادہ تھا اور متلاشی کم۔ مجھے یاد نہیں کہ اس نے ہمارے ساتھ کبھی کھل کر بات کی ہو یا کسی موضوع پر اپنا خیال ظاہر کیا ہو۔ اُن دنوں میرے اور میرے دوستوں کے بیچ گھنٹوں بحثیں چلا کرتیں، کبھی ملکی سیاست کے بارے میں، کبھی مذہب کے بارے میں، لیکن وانگ چو ان میں کبھی حصہ نہ لیتا تھا۔ وہ سارا وقت دھیرے دھیرے مسکراتا رہتا،

اور کمرے کے ایک کونے میں دُبک کر بیٹھا رہتا۔ ان دنوں ملک میں ولولوں کا سیلاب سا اٹھ رہا تھا—— آزادی کی تحریک زوروں پر تھی اور ہمارے بیچ اسی کا ذکر رہتا۔ کانگریس کون سی پالیسی اپنائے گی؟ تحریک کون سا رُخ پکڑے گی۔ عملی طور پر تو ہم لوگ کچھ کرتے کراتے نہیں تھے، لیکن جذباتی طور پر اس سے بہت کچھ جڑے ہوئے تھے۔ اس پر وانگ چو کی بے اعتنائی کبھی کبھی ہمیں کھلتی تو کبھی اچنبھے میں ڈال دیتی—— وہ ہمارے ملک کے ہی نہیں، اپنے ملک کے حالات کے بارے میں بھی کوئی دلچسپی نہیں لیتا تھا۔ اس کے اپنے ملک کے بارے میں بھی پوچھو تو وہ مسکراتا سر ہلاتا رہتا تھا۔

کچھ دنوں سے سری نگر کی ہوا بھی بدلی ہوئی تھی۔ کچھ مہینے پہلے یہاں گولی چلی تھی۔ کشمیر کے لوگ مہاراجہ کے خلاف اٹھ کھڑے ہوئے تھے اور اب کچھ دنوں سے شہر میں ایک نیا جوش پایا جاتا تھا۔ نہرو جی سری نگر آنے والے تھے اور ان کے استقبال کے لیے شہر کو دُلہن کی طرح سجایا جارہا تھا۔ آج ہی دوپہر کو نہرو جی سری نگر پہنچ رہے تھے۔ ندی کے راستے ناؤوں کے جلوس کی شکل میں انھیں لانے کا پروگرام تھا اور اسی لیے میں وانگ چو کو تلاش کرتا ہوا اس طرف آنکلا تھا۔

ہم گھر کی طرف جارہے تھے جب اچانک وہ ٹھٹھک کر کھڑا ہو گیا۔

'کیا میرا جانا بہت ضروری ہے... ؟ جیسا تم کہو...'

مجھے دھچکا سا لگا۔ ایسے وقت میں جب لاکھوں لوگ نہرو جی کے استقبال کے لیے اکٹھے ہو رہے تھے، وانگ چو کا یہ کہنا کہ اگر وہ ساتھ میں نہ جائے تو کیسا رہے، مجھے سچ مچ بُرا لگا، لیکن پھر خود ہی کچھ سوچ کر اس نے اپنا خیال بدل لیا اور ہم ساتھ ساتھ گھر کی طرف جانے لگے۔

کچھ دیر بعد ہبا کدل کے پُل کے نزدیک لاکھوں کی بھیڑ میں، ہم لوگ کھڑے تھے۔ میں، وانگ چو اور میرے دو تین دوست۔ چاروں طرف تاحدِّ نظر لوگ ہی لوگ تھے۔ مکانوں کی چھتوں پر، پُل پر، ندی کے ڈھلواں کناروں پر، میں بار بار کنکھیوں سے وانگ چو کے چہرے کی طرف دیکھ رہا تھا کہ اس کا تاثر کیا ہے۔ ہمارے دلوں میں اٹھنے والے ولولوں کا اس پر کیا اثر ہو رہا ہے۔ یوں بھی یہ

میری عادت سی بن گئی ہے ۔ جب بھی کوئی غیر ملکی ساتھ میں ہو، میں اس کے چہرے کو پڑھنے کی کوشش کرتا کہ ہمارے رسم و رواج، ہمارے رہن سہن کے بارے میں اس کے تاثرات کیا ہوتے ہیں۔ وانگ چو ادھ مندی آنکھوں سے سامنے کا منظر دیکھے جارہا تھا۔ جب نہرو جی کی ناؤ سامنے آئی تو جیسے مکانوں کی چھتیں بھی دہل اٹھیں۔ راج ہنس کی شکل کی سفید ناؤ میں نہرو جی مقامی نیتاؤں کے ساتھ کھڑے ہاتھ ہلا ہلا کر لوگوں کا شکریہ ادا کر رہے تھے اور ہوا میں پھول ہی پھول بکھر گئے۔ میں نے پلٹ کر وانگ چو کے چہرے کی طرف دیکھا۔ وہ پہلے ہی کی طرح بے نیاز سا سامنے کا منظر دیکھ رہا تھا۔

'آپ کو نہرو جی کیسے لگے؟' میرے ایک ساتھی نے وانگ چو سے پوچھا
وانگ چو نے اپنی ٹیڑھی سی آنکھیں اٹھا کر اس کی طرف دیکھا پھر اپنی ڈیڑھ دانت کی مسکان کے ساتھ کہا— 'اچھا، بہت اچھا'

وانگ چو معمولی سی ہندی اور انگریزی جانتا تھا۔ اگر تیز بولو تو اس کے پلے کچھ نہیں پڑتا تھا۔

نہرو جی کی ناؤ دور جا چکی تھی، لیکن ناؤوں کا جلوس ابھی بھی چلتا جا رہا تھا۔ جب وانگ چو اچانک مجھ سے بولا۔ 'میں تھوڑی دیر کے لیے عجائب گھر میں جانا چاہوں گا۔ ادھر سے راستہ جاتا ہے، میں خود چلا جاؤں گا۔'

اور وہ بنا کچھ کہے ایک بار ادھ مندی آنکھوں سے مسکرایا اور ہلکے سے ہاتھ ہلا کر مڑ گیا۔

ہم سبھی حیران رہ گئے۔ اسے سچ مچ جلوس میں دلچسپی نہیں رہی ہو گی۔ جو اتنی جلدی عجائب گھر کی طرف اکیلا چل دیا ہے۔

'یار کس بودے کو اٹھا لائے ہو؟ یہ کیا چیز ہے؟ کہاں سے پکڑ لائے ہو اسے؟' میرے ایک دوست نے کہا۔

'باہر کا رہنے والا ہے۔ اسے ہماری باتوں میں کیسے دلچسپی ہو سکتی ہے۔' میں نے صفائی دیتے ہوئے کہا۔

'واہ ملک میں اتنا کچھ ہو رہا ہے اور اسے دلچسپی ہی نہ ہو!'

وانگ چو اب تک دور جا چکا تھا اور بھیڑ میں سے نکل کر پیڑوں کی قطاروں کے پیچھے آنکھوں سے اوجھل ہوتا جا رہا تھا۔

'مگر یہ ہے کون؟' دوسرا ایک دوست بولا،' نہ یہ بولتا ہے نہ چہکتا ہے۔ کچھ پتہ نہیں چلتا، ہنس رہا ہے یا رو رہا ہے۔ سارا وقت ایک کونے میں دُبکا بیٹھا رہتا ہے۔'

'نہیں، نہیں بڑا سمجھدار آدمی ہے۔ پچھلے پانچ سال سے یہاں رہ رہا ہے۔ کافی پڑھا لکھا آدمی ہے۔ بدھ دھرم کے بارے میں بہت کچھ جانتا ہے،' میں نے پھر اس کی صفائی دیتے ہوئے کہا۔

میری نظر میں اس بات کی بڑی اہمیت تھی کہ وہ بودھ گرنتھ کی تلاوت کرتا ہے اور اسی کے لیے اتنی دور سے آیا ہے۔

'ارے بھاڑ میں جائے ایسی پڑھائی، واہ جی! جلوس کو چھوڑ کر میوزیم کی طرف چل دیا ہے۔'

'سیدھی بات ہے یار!' میں نے جوڑا،' اسے یہاں بھارت کا حال نہیں، ماضی کھینچ کر لایا ہے۔ ہیون سانگ بھی یہاں بودھ گرنتھ پڑھنے آیا تھا۔ یہ بھی علم کا رسیا ہے۔ بودھ دھرم میں اس کی دلچسپی ہے۔'

گھر لوٹتے ہوئے سارا راستہ ہم لوگ وانگ چو ہی کی چرچا کرتے رہے۔ اجے کا خیال تھا کہ اگر وہ پانچ سال بھارت میں کاٹ گیا ہے تو اب وہ ساری زندگی یہیں پر رہے گا۔

'اب آگیا ہے تو لوٹ کر نہیں جائے گا۔ بھارت میں پردیسی ایک بار آجائے تو لوٹنے کا نام نہیں لیتا۔'

'بھارت دیش وہ دلدل ہے کہ جس میں ایک بار باہر کے آدمی کا پاؤں پڑ جائے تو وہ دھنستا ہی چلا جاتا ہے۔ نکلنا چاہے تو بھی نہیں نکلتا،' دلیپ نے مذاق میں کہا،' نہ جانے کون سے کنول توڑنے کے لیے اس دلدل میں گھسا ہے۔'

'ہمارا ملک، ہم ہندوستانیوں کو پسند نہیں۔ باہر کے لوگوں کو تو بہت

پسند ہے ' میں نے کہا۔

' پسند کیوں نہ ہوگا۔ یہاں تھوڑے میں گزر ہو جاتی ہے۔ سارا دن دھوپ کھلی رہتی ہے۔ پھر باہر کے آدمی کو لوگ پریشان نہیں کرتے۔ جہاں بیٹھا ہے وہیں بیٹھے رہنے دیتے ہیں۔ اس پر انھیں تم جیسے سادہ لوح بھی مل جاتے ہیں جو ان کی تعریفیں کرتے رہتے ہیں۔ تمھارا وانگ چو بھی یہیں پر مرے گا ...'

ہمارے یہاں ان دنوں میری چھوٹی موسیری بہن ٹھہری ہوئی تھی۔ وہی جو وانگ چو کی مسکان کو ڈیڑھ دانت کی مسکان کہا کرتی تھی۔ چلبلی سی لڑکی۔ بات بات پر شوخی کرتی رہتی تھی۔ میں نے وانگ چو کو دو ایک بار کنکھیوں سے اس کی طرف دیکھتے پایا تھا۔ لیکن کوئی خاص دھیان نہیں دیا کیوں کہ وہ سبھی کو کنکھیوں سے ہی دیکھتا لیکن اسی شام نیلم میرے پاس آئی اور بولی ' آپ کے دوست نے مجھے تحفہ دیا ہے —— پیار کا تحفہ '

میرے کان کھڑے ہو گئے ' کیا دیا ہے ؟ '

' جھومروں کا جوڑا '

اور اس نے دونوں مٹھیاں کھول دیں، جس میں چاندی کے کشمیری طرز کے دو سفید جھومر چمک رہے تھے اور وہ دونوں جھومر اپنے کانوں کے پاس لے جا کر بولی —— ' کیسے لگتے ہیں ؟ '

میں بونقوں کی طرح نیلم کی طرف دیکھ رہا تھا۔

' اس کے اپنے کان کیسے بھورے بھورے ہیں ؟ ' نیلم نے ہنس کر کہا۔

' کس کے ؟ '

' میرے اس پریمی کے '

' تمھیں اس کے بھورے کان پسند ہیں ؟ '

' بہت زیادہ۔ جب شرماتا ہے تو براؤن ہو جاتے ہیں ' گہرے براؤن ' اور نیلم کھل کھلا کر ہنس پڑی۔

لڑکیاں کیسے اس آدمی کی محبت کا مذاق اڑا سکتی ہیں جو انھیں پسند نہ ہو۔ یا کہیں نیلم مجھے بنا تو نہیں رہی ہے ؟

لیکن میں اس بات سے بہت فکر مند نہیں ہوا تھا۔ نیلم لاہور میں پڑھتی تھی اور وانگ چو سارناتھ میں رہتا تھا۔ اور اب وہ ہفتہ بھر میں سری نگر سے واپس لوٹ جانے والا تھا۔ اس محبت کی کونپل خود بخود جل جائے گی۔

'نیلم، یہ جھومر تو تم نے اس سے لے لیے ہیں، لیکن اس قسم کی دوستی آخر میں اس کے لیے غم ناک ہو گی۔ بے بنائے گی کچھ نہیں۔

'واہ بھیا، تم بھی کیسے دقیانوسی ہو۔ میں نے بھی چمڑے کا ایک رائٹنگ پیڈ اسے تحفے میں دیا ہے۔ میرے پاس پہلے سے پڑا تھا۔ میں نے اسے دے دیا۔ جب لوٹے گا تو پریم پتر لکھنے میں اسے آسانی ہو گی۔'

'وہ کیا کہتا تھا؟'

'کہتا کیا تھا، سارا وقت اس کے ہاتھ کانپتے رہے اور چہرہ کبھی سرخ ہوتا، کبھی زرد۔ کہتا تھا مجھے خط لکھنا، میرے خطوں کا جواب دینا اور کیا کہے گا بے چارہ بھورے کانوں والا۔'

میں نے غور سے نیلم کی طرف دیکھا، مگر اس کی آنکھوں میں مجھے ہنسی کے سوا کچھ نہیں دکھائی دیا۔ لڑکیاں دل کی بات چھپانا خوب جانتی ہیں۔ مجھے لگا نیلم اسے بڑھاوا دے رہی ہے۔ اس کے لیے یہ کھلواڑ تھا، لیکن وانگ چو ضرور اس کا دوسرا ہی معنی نکالے گا۔

اس کے بعد مجھے لگا کہ وانگ چو اپنا توازن کھو رہا ہے۔ اسی رات میں اپنے کمرے کی کھڑکی کے پاس کھڑا باہر میدان میں چناروں کی قطار کی طرف دیکھ رہا تھا۔ جب چاندنی میں، کچھ دوری پر پیڑوں کے نیچے مجھے وانگ چو ٹہلتا دکھائی دیا۔ وہ اکثر رات کو دیر تک پیڑوں کے نیچے ٹہلتا رہتا تھا۔ مگر آج وہ اکیلا نہیں تھا۔ نیلم بھی اس کے ساتھ ٹھمک ٹھمک کر چلتی جا رہی تھی۔ مجھے نیلم پر غصہ آیا۔ لڑکیاں کتنی ظالم ہوتی ہیں۔ یہ جانتے ہوئے بھی کہ اس کھلواڑ سے وانگ چو کی بے چینی بڑھے گی، وہ اسے بڑھاوا دیئے جا رہی تھی۔

دوسرے روز کھانے کی میز پر نیلم پھر اس کے ساتھ مذاق کرنے لگی۔ کچن سے ایک چوڑا سا المونیم کا ڈبہ اٹھا لائی۔ اس کا چہرہ تپتے تانبے جیسا لال ہو رہا تھا

'آپ کے لیے روٹیاں اور آلو بنالائی ہوں۔ آم کے اچار کی پھانک بھی رکھی ہے۔ آپ جانتے ہیں، پھانک کسے کہتے ہیں —— ایک بار کہو تو پھانک! کہو وانگ چو جی، پھانک!'

اس نے نیلم کی طرف کھوئی ہوئی آنکھوں سے دیکھا اور بولا، 'بانک!' ہم سب کھل کھلا کر ہنس پڑے۔

'بانک نہیں، پھانک!'

'بانک!' پھر ہنسی کا فوارہ پھوٹ پڑا۔

نیلم نے ڈبہ کھولا۔ اس میں سے آم کے اچار کا ٹکڑا نکال کر اسے دکھاتے ہوئے بولی، 'یہ ہے پھانک —— پھانک اسے کہتے ہیں!' اور اسے وانگ چو کی ناک کے پاس لے جاکر بولی، 'اسے سونگھنے پر منہ میں پانی بھر آتا ہے۔ آیا منہ میں پانی؟ اب کہو پھانک!'

'نیلم، کیا فضول باتیں کر رہی ہو۔ بیٹھو آرام سے،' میں نے ڈانٹتے ہوئے کہا۔

نیلم بیٹھ گئی، لیکن اس کی شرارتیں بند نہیں ہوئیں۔ بڑے پیار سے وانگ چو سے کہنے لگی —— بنارس جاکر ہمیں بھول نہیں جائیے گا۔ ہمیں خط ضرور لکھیے گا۔ اور اگر کسی چیز کی ضرورت ہو تو جھجکیے گا نہیں۔'

وانگ چو لفظوں کے معنی تو سمجھ لیتا تھا لیکن ان کے پیچھے چھپی تضحیک کو نہیں پکڑ پاتا تھا۔ وہ بڑی الجھن محسوس کر رہا تھا۔

'بھیڑ کی کھال کی ضرورت ہو یا کوئی نمدہ یا اخروٹ ...'

'نیلم!'

'کیوں بھیّا! بھیڑ کی کھال پر بیٹھ کر گرنتھ پڑھیں گے؟'

وانگ چو کے کان لال ہونے لگے۔ شاید پہلی بار اسے محسوس ہوا تھا کہ نیلم مذاق کر رہی ہے۔ اس کے کان سچ مچ بھورے رنگ کے ہو رہے تھے، جس کا نیلم مذاق اڑایا کرتی تھی۔

'نیلم جی، آپ لوگوں نے میری بڑی مہمان نوازی کی ہے۔ میں بڑا ممنون ہوں!'

ہم سب چپ ہو گئے۔ نیلم بھی جھینپ سی گئی۔ وانگ چو نے ضرور ہی اس کی شرارت کو سمجھ لیا ہوگا۔ اس کے دل کو ضرور ٹھیس لگی ہوگی۔ لیکن میرے ذہن میں یہ خیال بھی آیا کہ ایک طرح سے یہ اچھا ہی ہے کہ نیلم کے تئیں اس کے خیالات بدلیں ورنہ اسے ہی سب سے زیادہ پریشانی ہوگی۔

شاید وانگ چو اپنی حیثیت کو جانتے بوجھتے ہوئے بھی ایک دامِ فریب میں آگیا تھا۔ جذباتی آدمی کا خود پر کوئی قابو نہیں ہوتا۔ وہ پچھاڑ کھا کر گرتا ہے تبھی اپنی بھول کو سمجھ پاتا ہے۔

ہفتہ کے آخری دنوں میں وہ روز کوئی نہ کوئی تحفہ لے کر آنے لگا۔ ایک بار میرے لیے بھی چغہ لے آیا اور بچوں کی طرح ضد کرنے لگا کہ وہ اور میں اپنا اپنا چغہ پہن کر ایک ساتھ گھومنے جائیں۔ عجائب گھر میں وہ اب بھی جاتا تھا۔ دو ایک بار نیلم کو بھی اپنے ساتھ لے گیا تھا اور لوٹنے پر ساری شام نیلم بودھیوں کا مذاق اڑاتی رہی تھی۔ میں مَن ہی مَن نیلم کے اس رویّہ سے خوش ہوتا رہا۔ کیوں کہ میں نہیں چاہتا تھا کہ وانگ چو کی کوئی خواہش، کوئی جذباتی وابستگی ہمارے گھر میں جڑ جما پائے۔ ہفتہ بیت گیا اور وانگ چو سارناتھ واپس لوٹ گیا۔

وانگ چو کے چلے جانے کے بعد اس کے ساتھ میرا تعلق ویسا ہی جیسا عام طور پر ایک شناسا کے ساتھ رہتا ہے۔ گاہے بگاہے خط آجاتا یا کسی آتے جاتے شخص سے اس کی خیر خبر مل جاتی۔ وہ ان لوگوں میں تھا جو برسوں تک رسمی جان پہچان کی سرحد پر کھڑے رہتے ہیں۔ نہ سرحد پھلانگ کر اندر آتے ہیں نہ ہی پیچھے ہٹ کر آنکھوں سے اوجھل ہوتے ہیں۔ مجھے اتنی ہی جانکاری رہی کہ اس کے روز و شب کے معمول میں کوئی فرق نہیں آیا —— کچھ دنوں مجھے تجسس رہا کہ نیلم اور وانگ چو کے بیچ کی بات آگے بڑھی یا نہیں لیکن لگا کہ وہ پریم بھی وانگ چو کی سپاٹ زندگی پر حاوی نہیں رہ پایا۔

برس اور سال بیت گئے۔ ان دنوں ہمارے ملک میں بہت کچھ گھٹ رہا تھا آئے دن تحریکیں ہوتیں، بنگال میں قحط پڑا۔ 'بھارت چھوڑو' کا آندولن ہوا۔

—— سڑکوں پر گولیاں چلیں، بمبئی میں ملاحوں کی بغاوت ہوئی۔ دیش میں خونریزی ہوئی، پھر دلیش کا بٹوارہ ہوا۔ لیکن سارا وقت وانگ چو سارناتھ ہی میں رہا۔ وہ اپنے میں مطمئن لگتا تھا۔ کبھی لکھتا کہ 'تنتر گیان' کا مطالعہ کر رہا ہے۔ کبھی پتہ چلتا کہ کوئی کتاب لکھنے کے منصوبے بنا رہا ہے۔

اس کے بعد میری ملاقات وانگ چو سے دلّی میں ہوئی۔ یہ ان دلوں کی بات ہے جب چین کے وزیر اعظم چو این لائی بھارت کے دورے پر آنے والے تھے۔ وانگ چو اچانک مجھے سڑک پر مل گیا۔ میں اسے اپنے گھر لے آیا۔ مجھے اچھا لگا کہ چین کے وزیر اعظم کی آمد پر وہ سارناتھ سے دہلی چلا آیا ہے، لیکن جب اس نے مجھے بتایا کہ وہ اپنے وظیفہ کے سلسلے میں آیا ہے اور یہ کہ یہاں پہنچنے پر اسے چو این لائی کی آمد کی خبر ملی ہے تو میں اس کی بے نیازی اور بدذوقی پر حیران ہوا۔ اس کا طور طریق ویسا کا ویسا ہی تھا۔ پہلے ہی کی طرح اپنی ڈیڑھ دانت کی مسکان مسکراتا رہا۔ کاروبارِ جہاں سے ویسا ہی بے نیاز، بے اعتنا۔ اس بیچ اس نے کوئی کتاب یا مقالہ وغیرہ نہیں لکھا تھا۔ میرے پوچھنے پر اس نے اس کام میں کوئی دلچسپی نہیں دکھائی۔ 'تنتر گیان' کے ذکر کے دوران بھی وہ پرسکون رہا۔ دو ایک کتابوں کے بارے میں بتاتا رہا جس میں وہ کچھ نوٹس لیتا رہا تھا۔ اپنے کسی مقالے کا بھی ذکر کیا، جس پر وہ ابھی کام کر رہا تھا۔ اس نے بتایا کہ نیلم کے ساتھ اس کی خط و کتابت چلتی رہی۔ حالاں کہ نیلم کب کی بیاہی جا چکی تھی اور دو بچّوں کی ماں بن چکی تھی۔ وقت کی رفتار کے ساتھ ہمارے خیالات بھلے نہ بدلیں لیکن ان میں تبدیلی آتی رہتی ہے۔ اپنے مطالعہ وغیرہ کا بھی اس نے ذکر کیا۔ وہاں بھی اس کے شوق اور ولولے میں ٹھہراؤ سا آگیا تھا۔ پہلے جیسا جوش و جذبہ نہیں تھا۔ بودھیوں کے پیروں پر اپنی جان نچھاور کرتا نہیں پھرتا تھا، لیکن اپنی زندگی سے مطمئن تھا۔ پہلے ہی کی طرح تھوڑا کھاتا، تھوڑا پڑھتا، تھوڑا سیر کرتا اور تھوڑا سوتا تھا اور پھر دور لڑکپن کے جھٹپٹے میں اپنی زندگی کے لیے چنی گئی راہ پہ کچھوے کی چال مزے سے چلتا آرہا تھا۔

کھانا کھانے کے بعد ہمارے بیچ بحث چھڑ گئی —— اسماجی نظام کو

سمجھے بنا تم بودھ دھرم کو بھی کیسے سمجھ پاؤ گے ؟ ہر علم ایک دوسرے سے جڑا ہے زندگی سے جڑا ہے، کوئی چیز زندگی سے الگ نہیں ہے۔ تم زندگی سے الگ رہ کر دھرم کو کیسے سمجھ سکتے ہو ؟'

کبھی وہ مسکراتا، کبھی سر ہلاتا اور سارا وقت نمائش بینوں کی طرح میرے چہرے کی طرف دیکھتا رہتا۔ مجھے لگا کہ میرے کہے کا اس پر کوئی اثر نہیں رہا کہ میں چکنے گھڑے پر پانی انڈیلے جا رہا ہوں۔

'ہمارے دیش میں نہ سہی، تم اپنے دیش کے حالات میں تو دلچسپی لو۔ اتنا تو جانو سمجھو کہ وہاں پر کیا ہو رہا ہے ؟'

اس پر بھی وہ سر ہلاتا اور مسکراتا رہا۔ میں جانتا تھا کہ ایک بھائی کو چھوڑ کر چین میں اس کا کوئی نہیں ہے ــــ ۱۹۱۹ء میں وہاں پر کوئی سیاسی ہنگامہ ہوا تھا اس میں اس کا گاؤں جلا ڈالا گیا تھا اور سارے عزیز رشتہ دار مر گئے تھے، یا بھاگ گئے تھے۔ لے دے کر اس کا ایک بھائی بچا تھا جو پیکنگ کے نزدیک کسی گاؤں میں رہتا تھا۔ برسوں سے وانگ چو کا تعلق اس سے بھی ٹوٹ چکا تھا۔ وانگ چو پہلے اپنے گاؤں کے اسکول میں پڑھتا رہا تھا۔ بعد میں پیکنگ کے ایک اسکول میں پڑھنے لگا تھا۔ وہیں سے وہ پروفیسر شان کے ساتھ بھارت چلا آیا تھا۔

'سنو وانگ چو ! بھارت اور چین کے درمیان بند دروازے اب کھل رہے ہیں۔ اب دونوں ملکوں کے بیچ تعلقات بحال ہو رہے ہیں اور اس کی بڑی اہمیت ہے۔ حصولِ علم کا یہی کام جو ابھی تک تم الگ تھلگ کرتے رہے ہو، اب تم اپنے دیش کے باضابطہ نمائندے کی حیثیت سے کرو گے۔ تمھاری سرکار تمھارے وظیفے کا انتظام کرے گی۔ اب تمھیں الگ تھلگ نہیں رہنا پڑے گا۔ تم پندرہ سال سے بھی زیادہ عرصے سے بھارت میں ہو۔ انگریزی اور ہندی زبانیں جانتے ہو، بودھ گرنتھوں کا زبردست مطالعہ رکھتے ہو۔ تم دونوں ملکوں کے تہذیبی رشتے کو قائم کرنے میں ایک بہت اہم کردار ادا کر سکتے ہو۔'

اس کی آنکھوں میں ہلکی سی چمک آئی۔ سچ مچ اسے کچھ سہولتیں مل سکتی تھیں۔

کیوں نہ ان سے فائدہ اٹھایا جائے؛ دونوں ملکوں کے بیچ خوش گوار تعلقات سے وہ بھی متاثر ہوا تھا۔ اس نے بتایا کہ کچھ ہی دنوں پہلے جب وظیفے کی رقم لینے بنارس میں گیا تو سڑکوں پر راہ چلتے لوگ اس سے گلے مل رہے تھے۔ میں نے اسے مشورہ دیا کہ کچھ دنوں کے لیے ضرور اپنے دیش لوٹ جائے اور وہاں ہونے والی بڑی بڑی تبدیلیوں کو دیکھے اور سمجھے کہ سارناتھ میں الگ تھلگ بیٹھے رہنے سے اسے کوئی فائدہ نہیں ہوگا۔ وغیرہ وغیرہ۔

وہ سنتا، سر ہلاتا اور مسکراتا رہا، لیکن مجھے کچھ معلوم نہیں ہو پایا کہ اس پر کوئی اثر ہوا ہے یا نہیں۔

لگ بھگ چھ مہینے بعد اس کا خط آیا کہ وہ چین جا رہا ہے۔ مجھے بڑی خوشی ہوئی کہ اپنے دیش میں جائے گا تو اس کی دھوبی کے کتے جیسی حالت تو ختم ہو جائے گی۔ کہیں کا تو ہو کر رہے گا۔ اس کی زندگی میں نئی توانائی آئے گی۔ اس نے لکھا کہ وہ اپنا ایک ٹرنک سارناتھ میں چھوڑے جا رہا ہے، جس میں اس کی کچھ کتابیں اور زیر تحقیق مسودے وغیرہ رکھے ہوئے ہیں، یہ کہ بھارت میں برسوں رہ چکنے کے بعد وہ اپنے کو بھارت کا باشندہ مانتا ہے اور یہ بھی کہ وہ جلد ہی بھارت لوٹ آئے گا۔ میں اپنے من ہی من میں ہنس دیا۔ ایک بار اپنے دیش گیا تو لوٹ کر نہیں آئے گا۔

چین میں وہ لگ بھگ دو برسوں تک رہا۔ وہاں سے اس نے مجھے پیکنگ کے قدیم راج محل کی تصویر بھیجی، دو ایک خط بھی لکھے۔ لیکن اس سے اس کی ذہنی کیفیت کے بارے میں کوئی خاص جانکاری نہیں ملی۔

ان دنوں چین میں بھی بڑے ولولے اٹھ رہے تھے۔ بڑا جوش تھا اور اس جوش کی لپیٹ میں تقریباً سبھی لوگ تھے۔ زندگی نئی کروٹ لے رہی تھی۔ لوگ کام کرنے جاتے تو ٹولیاں بنا کر گاتے ہوئے لال جھنڈے ہاتھ میں اٹھائے ہوتے۔ وانگ چو سڑک کے کنارے کھڑا انھیں دیکھتا رہ جاتا۔ اپنی کم آمیز طبیعت کے باعث وہ ٹولیوں کے ساتھ گاتے ہوئے جا تو نہیں سکتا تھا، لیکن انھیں جاتے دیکھ کر حیران سا کھڑا رہ جاتا، جیسے کسی دوسری دنیا میں پہنچ گیا ہو۔

اسے اپنا بھائی تو نہیں ملا۔ لیکن ایک پرانا استاد، دور سے رشتے کی ایک خالہ اور دو ایک شناسا مل گئے تھے۔ وہ اپنے گاؤں گیا۔ گاؤں میں بہت کچھ بدل گیا تھا۔ اسٹیشن سے گھر جاتے ہوئے اس کا ایک ہمسفر بتانے لگا —— وہاں اس پیڑ کے نیچے زمیندار کے سبھی کاغذ، سبھی دستاویز جلا ڈالے گئے اور زمیندار ہاتھ باندھے کھڑا رہا تھا۔

وانگ چو نے بچپن میں زمیندار کا بڑا گھر دیکھا تھا۔ اس کی رنگین کھڑکیاں اسے اب بھی یاد تھیں۔ دو ایک بار زمیندار کی بگھی کو بھی قصبے کی سڑک پر جلتے دیکھا تھا —— اب وہ گھر گاؤں کی انتظامیہ کا دفتر بنا ہوا تھا اور بھی بہت کچھ بدلا تھا، لیکن یہاں بھی اس کے لیے ویسی ہی صورت حال تھی، جیسی بھارت میں رہی تھی۔ اس کے من میں کوئی ولولہ نہیں اٹھتا تھا، دوسروں کے جوش و جذبے اس کے دل پر سے پھسل پھسل جاتے تھے۔ وہ یہاں بھی تماشائی ہی بنا گھومتا رہتا تھا۔ شروع کے دنوں میں اس کی آؤ بھگت بھی ہوئی۔ اس کے پرانے استاد کی ایما پر اسے اسکول میں مدعو کیا گیا۔ بھارت چین تہذیبی رشتوں کے بیچ ایک بہت اہم کڑی قرار دے کر اسے اعزاز سے نوازا گیا۔ وہاں وانگ چو دیر تک لوگوں کو بھارت کے بارے میں بتاتا رہا۔ لوگوں نے طرح طرح کے سوالات پوچھے۔ رسم و رواج کے بارے میں، تیرتھوں، میلوں، تہواروں کے بارے میں۔ وانگ چو صرف ان سوالوں کا ٹھیک سے جواب دے پاتا، جن کے بارے میں وہ تجربے کی روشنی میں کچھ جانتا تھا۔ لیکن بہت کچھ ایسا تھا جس کے بارے میں وہ بھارت میں رہ کر بھی کچھ نہیں جانتا تھا۔

کچھ دنوں بعد چین میں 'لمبی چھلانگ' کی مہم زور پکڑنے لگی۔ اس کے گاؤں میں بھی لوگ لوہا اکٹھا کر رہے تھے۔ ایک دن صبح اسے بھی ایک ٹولی کے ساتھ ردی لوہا بٹورنے لیے بھیج دیا گیا تھا۔ دن بھر وہ لوگوں کے ساتھ تھا۔ ایک نیا جوش چاروں طرف پھیلا ہوا تھا۔ لوگ بڑے فخر سے دکھا دکھا کر لا رہے تھے اور ساجھے ڈھیر پر ڈال رہے تھے۔ رات کے وقت آگ کے لپلپاتے شعلوں کے درمیان اس کو پگھلایا جانے لگا۔ آگ کے اِردگرد بیٹھے لوگ انقلابی گیت گا رہے تھے۔ سبھی

لوگ ایک آواز ہو کر گیت گا رہے تھے۔ اکیلا وانگ چو منہ بند کیے بیٹھا تھا۔

وہ چین ہی میں تھا کہ دھیرے دھیرے ماحول میں ایک تناؤ سا آنے لگا اور ایک جھٹپٹا سا گھرنے لگا۔ ایک روز ایک آدمی نیلے رنگ کا کوٹ اور نیلے ہی رنگ کی پتلون پہنے اس کے پاس آیا اور اسے اپنے ساتھ گاؤں کے انتظامیہ کے دفتر لے گیا۔ راستہ بھر وہ آدمی چپ چاپ رہا۔ دفتر پہنچنے پر اس نے دیکھا کہ ایک بڑے سے کمرے میں پانچ آدمیوں کا ایک وفد میز کے پیچھے بیٹھا اس کی راہ دیکھ رہا ہے۔

جب وانگ چو ان کے سامنے بیٹھ گیا تو وہ باری باری اس سے بھارت میں قیام کے بارے میں پوچھنے لگے : 'تم بھارت میں کتنے برسوں تک رہے ؟' ...' وہاں کیا کرتے تھے ؟' ...' کہاں کہاں گھومے ؟' وغیرہ وغیرہ۔ پھر بودھ دھرم کے بارے میں، وانگ چو کی دلچسپی کے بارے میں جان کر ان میں سے ایک شخص بولا،

'تمھارے خیال میں بودھ دھرم کے بنیادی عقائد کی کیا کیا خصوصیات ہیں ؟'

سوال وانگ چو کی سمجھ میں نہیں آیا۔ اس نے آنکھیں مچمچائیں۔

'روحانی عقائد و خصوصیات کی رو سے تم بدھ دھرم کو کیسا مانتے ہو ؟'

سوال پھر بھی وانگ چو کی سمجھ میں نہیں آیا، لیکن اس نے بدبداتے ہوئے جواب دیا، 'روحانیت میں مضمر انسان کے ابدی سکون کے حصول کے لیے بدھ دھرم کے بتائے ہوئے راستے بہت اہم ہیں — مہاپران کا پیغام ...'

اور وانگ چو بودھ دھرم کے آٹھ اپدیشوں کو بیان کرنے لگا۔ وہ اپنی بات ابھی ختم بھی نہیں کر پایا تھا، جب پردھان کی کرسی پر بیٹھے کٹیلی ترچھی آنکھوں والے ایک شخص نے بات کاٹ کر کہا، 'بھارت کی خارجہ پالیسی کے بارے میں تم کیا جانتے ہو ؟'

وانگ چو مسکرایا، اپنی ڈیڑھ دانت کی مسکان۔ پھر بولا، 'آپ حضرات اس سلسلے میں مجھ سے زیادہ جانتے ہیں۔ میں تو ایک معمولی بدھ کا پیرو ہوں، لیکن بھارت بڑا قدیم دیش ہے۔ اس کی تہذیب، امن اور انسانیت کے تئیں نیک جذبوں کی تہذیب ہے ....'

'نہرو کے بارے میں تم کیا سوچتے ہو ؟'

'نہرو کو میں نے تین بار دیکھا ہے۔ ایک بار تو ان سے باتیں بھی کی ہیں۔ ان پر کچھ کچھ مغربی تعلیم کا اثر زیادہ ہے، لیکن روایتی قدیم تہذیب کے وہ بھی بڑے حامی ہیں۔'

اس کے جواب سنتے ہوئے کچھ تو سر ہلانے لگے، کچھ کا چہرہ تمتمانے لگا۔ پھر طرح طرح کے ٹیڑھے سوالات پوچھے جانے لگے۔ انھوں نے پایا کہ جہاں تک حقیقتوں اور بھارت کے موجودہ حالات کی جان کاری کا سوال ہے، وانگ چو کی معلومات ادھوری اور مضحکہ خیز ہیں۔

'سیاسی نقطہ نظر سے تو تم صفر ہو۔ بدھ دھرم کی تعلیمات کو بھی سماجی ضروریات کی تکمیل کے لحاظ سے تم نہیں ثابت کر سکتے۔ نہ جانے وہاں بیٹھے کیا کرتے رہے ہو۔ لیکن ہم تمھاری مدد کریں گے۔'

پوچھ تاچھ گھنٹوں چلتی رہی۔ پارٹی افسروں نے اسے ہندی پڑھانے کا کام دے دیا۔ ساتھ ہی پیکنگ کے ایک عجائب گھر میں ہفتہ میں دو دن کام کرنے کی اجازت دے دی۔

جب وانگ چو پارٹی دفتر سے لوٹا تو تھکا ہوا تھا۔ اس کا سر بھنا رہا تھا۔ اپنے دیش میں اس کا دل جم نہیں پایا تھا۔ آج وہ اور بھی زیادہ بے چینی محسوس کر رہا تھا۔ چھت کے نیچے لیٹا تو اسے اچانک بھارت کی یاد ستانے لگی۔ اسے سارناتھ کی اپنی کوٹھری یاد آئی۔ جس میں وہ دن بھر صحیفوں کی تلاوت کیا کرتا تھا۔ نیم کا گھنا پیڑ یاد آیا، جس کے نیچے بیٹھ کر کبھی کبھی سستایا کرتا تھا۔ یادوں کا سلسلہ طویل ہوتا گیا۔ سارناتھ کی کینٹین کا باورچی یاد آیا، جو ہمیشہ پیار سے ملتا تھا۔ سدا ہاتھ جوڑ کر عقیدت سے 'کہو بھگون' کہتا تھا۔

ایک بار وانگ چو بیمار پڑ گیا تھا، تو دوسرے روز باورچی اپنے آپ اس کی کوٹھری میں چلا آیا تھا... 'میں بھی کہوں چینی بابو چائے پینے نہیں آئے، دو دن ہو گئے پہلے آتے تھے تو درشن ہو جاتے تھے۔ ہمیں خبر کی ہوتی بھگون، تو ہم ڈاکٹر بابو کو بلا لاتے... میں بھی کہوں بات کیا ہے۔' پھر اس کی آنکھوں کے سامنے گنگا کا کنارہ آ گیا۔ جس پر وہ گھنٹوں گھوما کرتا تھا۔ پھر اچانک منظر بدلا اور کشمیر کی جھیل

سامنے آ گئی اور پیچھے برف سے ڈھکے پہاڑ۔ پھر نیلم سامنے آئی۔ اس کی کھلی کھلی آنکھیں موتیوں سے جھلملاتے دانت ... اس کا دل بے چین ہو اٹھا۔

جوں جوں دن بیتنے لگے بھارت کی یاد اُسے زیادہ پریشان کرنے لگی۔ وہ ماہیٔ بے آب کی طرح تڑپنے لگا۔ سارناتھ میں سوال و جواب نہیں ہوتے تھے، جہاں پڑے رہو، پڑے رہو۔ رہنے کے لیے کوٹھری اور کھانے کے لیے کھانے کا انتظام عبادت خانے کی طرف سے تھا۔ یہاں نئے نظریے سے مذہبی کتابوں کو پڑھنے اور سمجھنے کا حوصلہ نہ تھا اور خواہش بھی نہ تھی۔ برسوں تک ایک ہی ڈھرّے پر چلتے رہنے کے باعث وہ تبدیلیوں سے کتراتا تھا۔ اس بیٹھک کے بعد وہ پھر سے اپنے آپ میں سمٹنے لگا تھا۔ کہیں کہیں اسے بھارت سرکار کے خلاف باتیں بھی سننے کو ملتیں۔ اچانک وانگ چو خود کو بہت اکیلا محسوس کرنے لگا اور اسے لگا کہ زندہ رہ پانے کے لیے اُسے اپنے لڑکپن کے اس غیر شرمندۂ تعبیر خواب میں پھر سے لوٹ جانا ہوگا، جب وہ بودھ بھکشو بن کر بھارت میں عمر بسر کرنے کا تصور کیا کرتا تھا۔

اچانک اس نے بھارت لوٹنے کی ٹھان لی۔ لوٹنا آسان نہیں تھا۔ بھارتیہ سفارت خانے سے تو ویزا ملنے میں پریشانی نہیں ہوئی، لیکن چین سرکار نے بہت سے اعتراض کیے۔ وانگ چو کی شہریت کا سوال تھا اور بہت سے سوال تھے لیکن بھارت اور چین کے تعلقات ابھی تک بہت بگڑے نہیں تھے۔ اس لیے آخر میں وانگ چو کو بھارت لوٹنے کی اجازت مل گئی۔ اس نے من ہی من فیصلہ کر لیا کہ وہ بھارت ہی میں اب زندگی کے دن کاٹے گا۔ بودھ بھکشو بنے رہنا ہی اس کا مقصد حیات تھا۔

جس روز وہ کلکتہ پہنچا، اسی روز سرحد پر چینی اور بھارتیہ فوجوں کے درمیان مڈبھیڑ ہوئی تھی اور دس بھارتیہ سپاہی مارے گئے تھے۔ اس نے دیکھا کہ لوگ اس کی طرف گھور گھور کر دیکھ رہے ہیں۔ وہ اسٹیشن کے باہر ابھی نکلا ہی تھا کہ دو سپاہی آ کر اُسے پولس کے دفتر میں لے گئے اور وہاں ایک افسر گھنٹہ بھر اس کے پاسپورٹ اور دیگر کاغذات کی چھان بین کرتا رہا۔

'دو برس پہلے آپ چین گئے تھے۔ وہاں جانے کا مقصد کیا تھا؟'

'میں بہت برس تک یہاں رہتا رہا تھا۔ کچھ دنوں کے لیے اپنے دیش جانا چاہتا تھا۔' پولس افسر نے اسے سر سے پیر تک دیکھا۔ وانگ چو بے فکر تھا اور مسکرا رہا تھا— وہی ٹیڑھی سی مسکان۔

'آپ وہاں کیا کرتے رہے؟'

'وہاں ایک کمیون میں، میں کھیتی باڑی کی ٹولی میں کام کرتا تھا۔'

'مگر آپ تو کہتے ہیں کہ بودھ گرنتھ پڑھتے ہیں۔'

'ہاں، پیکنگ میں ایک ادارہ میں، میں ہندی پڑھانے لگا تھا اور پیکنگ میوزیم میں مجھے کام کرنے کی اجازت مل گئی تھی۔'

'اگر اجازت مل گئی تھی تو آپ اپنے دیش سے بھاگ کیوں آئے؟' پولس افسر نے غصّے میں کہا۔

وانگ چو کیا جواب دے، کیا کہے؟

'میں کچھ دنوں کے لیے ہی وہاں گیا تھا، اب لوٹ آیا ہوں...'

پولس افسر نے پھر اسے سر سے پاؤں تک گھور کر دیکھا۔ اس کی آنکھوں میں شک ابھر آیا تھا۔ وانگ چو گھبراہٹ سی محسوس کرنے لگا تھا۔ بھارت میں پولس افسروں کے سامنے کھڑا ہونے کا اس کا پہلا تجربہ تھا۔ اس سے ضمانت کے لیے پوچھا گیا تو اس نے پروفیسر تان شان کا نام لیا۔ پھر گورودیو کا، لیکن دونوں مر چکے تھے۔ اس نے سارناتھ کے ادارے کے منتظم کا نام لیا، شانتی نکیتن کے دو ایک پرانے مددگاروں کے نام لیے، جو اسے یاد تھے۔

سپرنٹنڈنٹ نے سبھی نام اور پتے نوٹ کر لیے۔ اس کے کپڑوں کی تین بار تلاشی لی گئی۔ اس کی ڈائری کو رکھ لیا گیا۔ جس میں اس نے بہت سے اقتباسات، ریمارکس لکھ رکھے تھے اور سپرنٹنڈنٹ نے اس کے نام کے آگے ریمارکس لکھ دیے کہ اس آدمی پر نظر رکھنے کی ضرورت ہے۔

ریل کے ڈبے میں بیٹھا تو دوسرے مسافر سرحد پر ہوئی جھڑپ کی باتیں کر رہے تھے۔ اُسے بیٹھتے دیکھ کر سب چپ ہو گئے اور اسے گھورنے لگے۔

کچھ دیر بعد جب مسافروں نے دیکھا کہ وہ تھوڑی بہت بنگالی اور ہندی بول لیتا ہے تو ایک بنگالی بابو اُچک کر کھڑے ہوئے اور ہاتھ جھٹک جھٹک کر کہنے لگے '' یا تو کہو تمھارے دیش والوں نے وشواس گھات کیا ہے نہیں تو ہمارے دیش سے نکل جاؤ نکل جاؤ ... نکل جاؤ! ...

ڈیڑھ دانت کی مسکان جانے کہاں اوجھل ہوگئی تھی۔ اس کی جگہ چہرے پر خوف اتر آیا تھا۔ اداس اور خوفزدہ وانگ چو چپ چاپ بیٹھا رہا۔ کہے بھی تو کیا کہے؟ جھڑپ کے بارے میں سن کر اُسے بھی تو دھچکا لگا تھا۔ اس جھگڑے کے سبب کے بارے میں اسے واضح طور پر کچھ بھی معلوم نہیں تھا اور وہ جاننا چاہتا بھی نہیں تھا۔

ہاں سارناتھ پہنچ کر وہ سچ مچ مسرور ہو اٹھا۔ اپنا تھیلا رکشہ میں رکھے جب وہ آشرم کے نزدیک پہنچا تو کینٹین کا باورچی سچ مچ لپک کر باہر نکل آیا— ' آگئے بھگون؟ آگئے میرے چینی بابو؟ بہت دن بعد درشن دیئے۔ ہم بھی کہیں اتنا عرصہ ہوگیا چینی بابو نہیں لوٹے؟ اور کہیے سب خیر خیریت ہے؟ آپ یہاں نہیں تھے۔ ہم کہیں جانے کب لوٹیں گے؟ یہاں تھے دن میں دو باتیں ہو جاتی تھیں۔ بھلے آدمی کے درشن ہو جاتے تھے۔ اس میں بڑا سکون ملتا ہے اور اس نے ہاتھ بڑھا کر تھیلا اٹھا لیا۔ ہم دیں پیسے چینی بابو؟' وانگ چو کو لگا جیسے وہ اپنے گھر پہنچ گیا ہے۔

' آپ کا ٹرنک چینی بابو، ہمارے پاس رکھا ہے۔ منتری جی سے ہم نے لے لیا۔ آپ کی کوٹھری میں ایک دوسرے صاحب رہنے آئے تو ہم نے کہا، کوئی چنتا نہیں، یہ ٹرنک ہمارے پاس رکھ جائیے۔ اور چینی بابو آپ اپنا لوٹا باہر ہی بھول گئے تھے ہم نے منتری جی سے کہا،' یہ لوٹا چینی بابو کا ہے، ہم جانتے ہیں، ہمارے پاس چھوڑ جائیے!'

وانگ چو کا دل بھر آیا۔ اسے لگا اس کی ڈانوا ڈول زندگی میں پھر سے توازن آگیا ہے۔ زندگی کی ڈگمگاتی ناؤ پھر سے خاموشی سے چلنے لگی ہے۔

منتری جی بھی خلوص سے ملے۔ پرانے جان پہچان کے آدمی تھے انھوں نے ایک کوٹھری بھی کھول کر دے دی لیکن وظیفہ کے بارے میں کہا کہ اس کے لیے پھر سے کوشش کرنی ہوگی۔ وانگ چو نے پھر سے کوٹھری کے بیچوں بیچ چٹائی بچھائی۔

کھڑکی کے باہر وہی منظر پھر سے ابھر آیا۔ کھویا ہوا ذی روح پھر سے اپنے مسکن کو لوٹ آیا۔

تبھی مجھے اس کا خط ملا کہ وہ بھارت لوٹ آیا ہے اور پھر سے جم کر بودھی صحیفوں کا مطالعہ کرنے لگا ہے۔ اس نے یہ بھی لکھا کہ ماہانہ وظیفہ کے بارے میں تھوڑی تشویش ہے اور اس سلسلے میں اگر میں بنارس میں فلاں صاحب کو خط لکھ دوں تو وظیفہ ملنے میں سہولت ہوگی۔

خط پا کر مجھے کھٹکا ہوا۔ کون سا سراب اسے پھر سے واپس کھینچ لایا ہے۔ یہ لوٹ کیوں آیا ہے۔ اگر کچھ دن اور وہاں رہتا تو اپنے لوگوں کے درمیان اس کا من لگنے لگتا۔ لیکن کسی کی سنک کا کوئی علاج نہیں۔ اب جو لوٹ آیا ہے تو کیا چارہ ہے۔ میں نے 'فلاں صاحب' کو خط لکھ دیا اور وانگ چو کے چھوٹے موٹے وظیفہ کا انتظام ہو گیا۔

لیکن وانگ چو کے لوٹنے کے تقریباً دس روز بعد ایک دن صبح وہ چٹائی پر بیٹھا ایک کتاب پڑھ رہا تھا اور خوش ہو رہا تھا۔ اس کی کتاب پر کسی کا سایہ پڑا۔ اس نے نظر اٹھا کر دیکھا تو پولس کا تھانیدار کھڑا تھا۔ ہاتھ میں ایک پرچی لیے ہوئے۔ وانگ چو کا دل بیٹھ گیا۔ اب یہ کون سی نئی پریشانی اٹھنے والی ہے۔ وانگ چو بنارس کے بڑے پولس اسٹیشن پر بلایا گیا تھا۔ وانگ چو کا من وسوسوں سے بھر اٹھا تھا۔

تین دن بعد، وانگ چو بنارس کے پولس اسٹیشن کے برامدے میں بیٹھا تھا۔ اس کے ساتھ بینچ پر ایک اور ضعیف العمر چینی بھی بیٹھا تھا جو جوتے بنانے کا کام کرتا تھا۔ آخر بلاوا آیا اور وانگ چو چق اٹھا کر بڑے افسروں کی میز کے سامنے جا کھڑا ہوا۔

'تم چین سے کب لوٹے؟'

وانگ چو نے بتا دیا۔

کلکتہ میں تم نے اپنے بیان میں کہا کہ تم شانتی نکیتن جا رہے ہو، پھر تم یہاں

کیوں چلے آئے ہو؟ پولس کو پتہ لگانے میں بڑی پریشانی ہوئی ہے۔'
'میں نے دونوں جگہوں کے بارے میں کہا تھا۔ شانتی نکیتن تو میں صرف دو دن کے لیے جانا چاہتا تھا۔'
'تم چین سے کیوں لوٹ آئے؟'
'میں بھارت میں رہنا چاہتا ہوں ...' اس نے پہلے کا جواب دُہرایا۔
'جب لوٹ آنا تھا تو گئے کیوں تھے؟'
یہ سوال وہ بہت بار پہلے بھی سن چکا تھا۔ جواب میں بودھ گرنتھوں کا حوالہ دینے کے علاوہ اُسے اور کوئی جواب نہیں سوجھ پاتا تھا۔
بہت لمبا انٹرویو نہیں ہوا۔ وانگ چو کو ہدایت دی گئی کہ ہر مہینے کے پہلے سوموار کو بنارس کے پولس اسٹیشن میں اسے آنا ہوگا اور اپنی حاضری لکھوانی ہوگی۔
وانگ چو باہر آگیا لیکن الجھن سی محسوس کرنے لگا۔ مہینے میں ایک بار آنا کوئی بڑی بات نہیں تھی۔ لیکن وہ اس کی سپاٹ زندگی میں رکاوٹ تھی، خلل تھا۔
وانگ چو من ہی من اتنی الجھن محسوس کر رہا تھا کہ بنارس سے لوٹنے کے بعد کوٹھری میں جانے کے بجائے وہ سب سے پہلے اس مقدس جگہ پر جاکر بیٹھ گیا جہاں صدیوں پہلے مہاپران نے اپنا پہلا وعظ کیا تھا اور دیر تک بیٹھا ورد کرتا رہا۔ بہت دیر بعد پھر سے اس کا من ٹھکانے پر آنے لگا اور دل میں پھر سے بھاونا کی ترنگیں اٹھنے لگیں۔

لیکن وانگ چو کو چین نصیب نہیں ہوا۔ کچھ ہی دن بعد اچانک چین اور بھارت کے درمیان جنگ چھڑ گئی ... دیش بھر میں جیسے طوفان اٹھ کھڑا ہوا۔ اسی روز شام کو کچھ پولس والے جیپ میں آئے اور وانگ چو کو حراست میں لے کر بنارس چلے گئے۔ سرکار یہ نہ کرتی تو اور کیا کرتی؟ حکومت چلانے والوں کو اتنی فرصت کہاں کہ بحران کے وقت دشمن کے ایک شہری کی حالت کی جانچ کرتے پھریں۔
دو دن تک دونوں چینیوں کو پولس اسٹیشن کی ایک کوٹھری میں رکھا گیا۔ دونوں کے بیچ کسی بات میں یکسانیت نہیں تھی۔ جوتے بنانے والا چینی سارا دن

سگریٹ پھونکتا رہتا اور گھٹنوں پر کہنیاں لگائے بڑبڑاتا رہتا۔ جب کہ وانگ چو مغموم و نڈھال سا دیوار کے ساتھ پیٹھ لگائے بیٹھا خلا میں دیکھتا رہتا۔

جس وقت وانگ چو اپنی حالت کو سمجھنے کی کوشش کر رہا تھا اسی وقت دو تین کمرے چھوڑ کر پولس سپرنٹنڈنٹ کی میز پر اس کی چھوٹی سی پوٹلی کی تلاشی لی جا رہی تھی۔ اس کی غیر موجودگی میں پولس کے سپاہی کوٹھری میں سے اس کا ٹرنک اٹھا لائے تھے۔ سپرنٹنڈنٹ کے سامنے کاغذوں کا پلندہ رکھا تھا جس پر کہیں پالی میں تو کہیں سنسکرت زبان میں کچھ لکھا ہوا تھا لیکن بہت سا حصہ چینی زبان میں تھا۔ صاحب کچھ دیر تک تو کاغذوں کو الٹتے پلٹتے رہے، روشنی کے سامنے رکھ کر ان میں لکھی کسی خفیہ زبان کو ڈھونڈتے بھی رہے۔ آخر میں انھوں نے حکم دیا کہ کاغذ کے پلندے کو باندھ کر دہلی کے افسروں کے پاس بھیج دیا جائے کیوں کہ بنارس میں کوئی آدمی چینی زبان نہیں جانتا تھا۔

پانچویں دن لڑائی بند ہو گئی لیکن وانگ چو کو سارناتھ لوٹنے کی اجازت ایک مہینے کے بعد ملی۔ چلتے وقت جب اسے اس کا ٹرنک دیا گیا اور اس نے اسے کھول کر دیکھا تو سکتے میں آ گیا۔ اس کے کاغذات اس میں نہیں تھے۔ جن پر وہ برسوں سے اپنے نوٹس اور مضامین وغیرہ لکھتا رہتا تھا اور جو ایک طرح سے اس کا اثاثہ تھے۔ پولس افسر کے کہنے پر انھیں دہلی بھیج دیا گیا ہے، وہ سر سے پیر تک کانپ اٹھا تھا۔

'میرے وہ کاغذات آپ مجھے دے دیجیے۔ ان پر میں نے بہت کچھ لکھا ہے۔ وہ بہت ضروری ہیں۔'

اس پر وہ افسر رکھائی سے بولا، 'مجھے ان کاغذوں کا کیا کرنا ہے۔ آپ کے ہیں آپ کو مل جائیں گے'، اور اس نے وانگ چو کو چلتا کیا۔ وانگ چو اپنی کوٹھری میں لوٹ آیا۔ اپنے کاغذوں کے بنا وہ ادھورا سا ہو رہا تھا۔ نہ پڑھنے میں من لگتا، نہ کاغذ پر نئے نوٹس اتارنے میں۔ اور پھر اس پر کڑی نگرانی رکھی جانے لگی تھی۔ کھڑکی سے تھوڑا ہٹ کر نیم کے پیڑ کے نیچے ایک آدمی روز بیٹھا نظر آنے لگا۔ ڈنڈا ہاتھ میں لیے وہ کبھی ایک کروٹ بیٹھتا، کبھی دوسری کروٹ۔ کبھی اٹھ کر

ٹہلنے لگتا، کبھی کنوئیں کے چبوترے پر جا بیٹھتا۔ کبھی کینٹین کی بینچ پر آ بیٹھتا، کبھی گیٹ پر جا کھڑا ہوتا۔ اس کے علاوہ اب وانگ چو کو مہینے میں ایک بار کی بجائے ہفتے میں ایک بار بنارس میں حاضری لگوانے جانا پڑتا تھا۔

تبھی مجھے وانگ چو کی چٹھی ملی۔ ساری تفصیل لکھنے کے بعد اس نے لکھا کہ بودھ وہار کا منتری بدل گیا ہے اور نئے منتری کو چین سے نفرت ہے اور وانگ چو کو ڈر ہے کہ وظیفہ ملنا بند ہو جائے گا۔ دوسرا یہ کہ میں جیسے بھی ہو اس کے کاغذوں کو بچا لوں، جیسے بھی بن پڑے انھیں پولس کے ہاتھوں سے نکلوا کر سارناتھ اس کے پاس بھجوا دوں۔ اور اگر بنارس کی پولس اسٹیشن میں ہر ہفتے کی بجائے اُسے مہینے میں ایک بار جانا پڑے تو سہولت ہوگی۔ کیوں کہ اس طرح مہینے میں لگ بھگ دس روپے آنے جانے میں لگ جاتے ہیں۔ اور پھر کام میں من ہی نہیں لگتا۔ سر پر تلوار لٹکتی رہتی ہے۔

وانگ چو نے خط تو لکھ دیا لیکن اس نے یہ نہیں سوچا کہ مجھ جیسے آدمی سے یہ کام نہیں ہو پائے گا۔ یہاں کوئی کام بنا جان پہچان اور سفارش کے نہیں ہو سکتا اور میری جان پہچان کا بڑے سے بڑا آدمی میرے کالج کا پرنسپل تھا۔ پھر میں چند ایک ممبر پارلمنٹ کے پاس گیا۔ ایک نے دوسرے کے پاس، دوسرے نے تیسرے کے پاس بھیجا۔ میں بھٹک بھٹک کر لوٹ آیا۔ تسلّیاں تو بہت ملیں لیکن سب یہی پوچھتے —— یہ چین جو گیا تھا، وہاں سے لوٹ کیوں آیا۔ یا پھر پوچھتا —— پچھلے بیس سال سے مطالعہ ہی کر رہا ہے؟

لیکن جب میں اس کے مسودے کا ذکر کرتا تو سب یہی کہتے —— ہاں، یہ تو ضائع نہیں ہونا چاہیے اور سامنے رکھے کاغذ پر کچھ نوٹ کر لیتے۔ اس طرح کی تسلّی مجھے بہت ملی۔ سبھی سامنے رکھے کاغذ پر میری بات نوٹ کر لیتے۔ لیکن سرکاری کام کے راستے چکرویو کے راستوں جیسے ہوتے ہیں اور ہر موڑ پر کوئی نہ کوئی آدمی تمھیں تمھاری حیثیت کا احساس کراتا رہتا ہے۔ میں نے جواب میں اسے اپنی ساری کوششوں کا ذکر کیا۔ یہ بھی یقین دلایا کہ میں پھر سے لوگوں سے ملوں گا ساتھ ہی میں نے یہ بھی مشورہ دیا کہ جب حالات بہتر ہو جائیں تو وہ اپنے دیش

لوٹ جائے کہ اس کے لیے یہی بہتر ہے۔

خط سے اس کے دل کی کیفیت کیا ہوئی میں نہیں جانتا۔ اس نے کیا سوچا ہوگا۔ لیکن ان تناؤ کے دنوں میں جب مجھے خود چین کے رویّہ پر غصّہ آرہا تھا۔ میں وانگ چو کی مجبوریوں کو بہت ہمدردی کے ساتھ نہیں دیکھ سکتا تھا۔ اس کا پھر ایک خط آیا۔ اس میں چین لوٹ جانے کا کوئی ذکر نہیں تھا—— اس میں صرف وظیفہ کا ذکر کیا گیا تھا۔ وظیفہ کی رقم اب بھی چالیس روپے ہی تھی۔ لیکن اسے پہلے اطلاع دی گئی تھی کہ سال ختم ہونے پر اس پر پھر سے غور کیا جائے گا کہ وہ ملتا رہے گا یا بند ہو جائے گا۔

لگ بھگ سال بھر بعد وانگ چو کو ایک پرزہ ملا کہ تمھارے کاغذات واپس کیے جا سکتے ہیں اور یہ کہ تم پولس اسٹیشن آکر انھیں لے جا سکتے ہو۔ ان دنوں وہ بیمار پڑا ہوا تھا لیکن بیماری کی حالت میں بھی وہ گرتا پڑتا بنارس پہنچا۔ لیکن اس کے ہاتھ ایک تہائی کاغذ لگے —— پوٹلی اب بھی ادھ کھلی تھی۔ وانگ چو کو پہلے تو یقین نہیں آیا۔ پھر اس کا چہرہ زرد پڑ گیا اور ہاتھ پیر کانپنے لگے۔ اس پر تھانیدار رکھائی سے بولا، ''ہم کچھ نہیں جانتے —— انھیں اٹھاؤ اور لے جاؤ ورنہ ادھر لکھ دو کہ ہم لینے سے انکار کرتے ہیں۔''

کانپتی ٹانگوں سے وانگ چو پلندہ بغل میں دبائے لوٹ آیا۔ کاغذوں میں صرف ایک پورا مضمون اور کچھ نوٹس بچے تھے۔ اسی دن سے وانگ چو کی آنکھوں کے سامنے دھول اڑنے لگی تھی۔

وانگ چو کی موت کی خبر مجھے مہینے بھر بعد ملی۔ وہ بھی بودھ وہار کے منتری کی طرف سے کہ مرنے سے پہلے وانگ چو نے وصیّت کی تھی کہ اس کا چھوٹا سا ٹرنک اور گنی چنی کتابیں مجھے پہنچادی جائیں۔

عمر کے اس حصّے میں پہنچ کر انسان بری خبریں سننے کا عادی ہو جاتا ہے اور ایسی خبریں دل پر گہرا زخم نہیں لگاتیں۔

میں فوراً تو سارناتھ نہیں جا پایا۔ جانے کی کوئی تک بھی نہیں تھی کیوں کہ وہاں

وانگ چو کا کون بیٹھا تھا جس سے اظہار تعزیت کرتا۔ وہاں تو صرف ٹرنک ہی رکھا تھا۔ لیکن کچھ دنوں بعد موقع ملنے پر میں گیا۔ منتری جی نے وانگ چو کے لیے تعزیتی کلمات کہے۔ بڑا نیک دل آدمی تھا، صحیح معنوں میں بودھ بھکشو تھا، وغیرہ وغیرہ۔ میرے دستخط لے کر انھوں نے ٹرنک میرے حوالے کیا۔ ٹرنک میں وانگ چو کے کپڑے تھے، پھٹا پرانا چغہ تھا، جو کسی زمانے میں اس نے سری نگر سے خریدا تھا۔ چھوٹا سا کام دار چمڑے کا پیڈ تھا جو نیلم نے اسے تحفتاً دیا تھا۔ تین چار کتابیں تھیں۔ پالی کی اور سنسکرت کی۔ چٹھیاں تھیں، جن میں کچھ چٹھیاں میری، کچھ نیلم کی رہی ہوں گی، کچھ اور لوگوں کی۔

ٹرنک اٹھائے میں باہر کی طرف جا رہا تھا، جب مجھے اپنے پیچھے قدموں کی آہٹ ملی۔ میں نے مڑ کر دیکھا۔ کینٹین کا باورچی بھاگا چلا آ رہا تھا۔ اپنے خطوں میں اکثر وانگ چو اس کا ذکر کیا کرتا تھا۔

'بابو آپ کو بہت یاد کرتے تھے۔ میرے ساتھ آپ کی بہت چرچا کرتے تھے۔ بہت بھلے آدمی تھے...'

اور اس کی آنکھیں ڈبڈبا آئیں۔ سارے سنسار میں شاید یہی اکیلا ذی روح تھا، جس نے وانگ چو کی موت پر دو آنسو بہائے تھے ـــــ بڑی بھولی طبیعت تھی۔ بے چارے کو پولس والوں نے بہت پریشان کیا۔ شروع شروع میں تو چوبیس گھنٹے کی نگرانی رہتی تھی۔ میں اس حوالدار سے کہوں بھیا، تو کیوں اس بے چارے کو پریشان کرتا ہے، وہ کہے، میں تو ڈیوٹی کر رہا ہوں...'

میں ٹرنک اور کاغذوں کے پلندے لے آیا ہوں۔ اس پلندے کا کیا کروں؟ کبھی سوچتا ہوں اسے چھپوا ڈالوں، لیکن ادھوری تحریر کو کون چھاپے گا۔ پتنی روز بگڑتی ہے کہ میں گھر میں کچرا بھرتا ہوں۔ دو تین بار وہ پھینکنے کی دھمکی بھی دے چکی ہے، لیکن میں اسے چھپاتا رہتا ہوں۔ کبھی کبھی تختے پر رکھ دیتا ہوں، کبھی پلنگ کے نیچے چھپا دیتا ہوں لیکن میں جانتا ہوں کہ کسی دن یہ بھی گلی میں پھینک دیے جائیں گے۔

رما کانت

خلاف ورزی

ماں جب تب کہا کرتیں، ' ہمارے تو کرم ہی پھوٹ گئے ہیں۔'

ہم ساری باتوں کا سلسلہ جوڑ لیتے۔ ماں نے پتاجی سے شام اور اگلے دن صبح کے لیے سبزیاں یا بازار سے کچھ اور لانے کو کہا ہوگا۔ پتاجی نے کہا ہوگا، ' ہاں، ہاں، جھولا اور پیسے دے دو۔' ماں نے پیسے اور جھولا ان کے پاس رکھ دیئے ہوں گے لیکن پتاجی اٹھے نہیں ہوں گے۔ پھر ماں نے کہا ہوگا، ' ارے پیسے اور جھولا رکھ دیئے ہیں۔' ' ہاں، ہاں، اُٹھ رہا ہوں، یہ خبر پڑھ لوں۔' پتاجی نے کہا ہوگا۔' ارے میری انگیٹھی کی آنچ بیکار جارہی ہے، یہ خبر پھر پڑھ لینا۔' ماں کی آواز میں ہلکی چڑچڑاہٹ رہی ہوگی۔ پتاجی نے سمجھایا ہوگا، ' ارے تو روٹیاں سینک لونا، آنچ کیوں برباد کررہی ہو؟' لیکن روٹیاں بھی سِنک گئی ہوں گی۔ تب پتاجی نے اخبار سے اپنا دھیان ہٹائے بنا کہا ہوگا، ' ارے روٹیاں بھی سِنک گئیں۔ اچھا تو کوئی اچار یا چٹنی نہیں ہے۔ اُسی سے کھالیں گے۔'

' تم کھالو گے لیکن ملّو اور گلّو؟ سویرے ہی اسکول جانا ہوتا ہے انھیں۔ کوئی مکھن اور دودھ نہیں ملتا انھیں۔ سبزی ہوگی تو دو دو روٹیاں کھا کر اسکول چلے جائیں گے اور اسی پر دو بجے تک رہیں گے۔'

' تو انھیں میں سے کسی سے منگالو نا۔'

'یہ نہیں ہوسکتا،' ماں کہتیں، 'یہیں تو نہیں ہے بازار۔ کتنا خطرناک ہے۔ رکشوں، تانگوں اور موٹروں کی بھرمار رہتی ہے۔ پھر محلّے کے شیطان چھوکرے، بات بے بات پر لڑائی جھگڑا کرتے ہیں۔ تمھیں نہیں جانا تو مجھ سے ہی کیوں نہیں کہہ دیتے، میں ہی تمھارے رہتے سب جگہ آؤں جاؤں گی... ہے بھگوان، میرے تو...!'

'اوہ... اچھا،' پتاجی کہتے۔ وہ اخبار اچھی طرح تہہ کر کے رکھ دیتے۔ پھر جھولا اور پیسے اٹھا کر بازار چلے جاتے۔

یہ قریب قریب روز کا سلسلہ تھا۔ کام سے آتے ہوئے وہ کبھی کبھی اپنے ساتھ کوئی کتاب بھی لے آتے۔ وہ کباڑی کے یہاں سے خریدی پرانی کتابیں ہوتیں۔ کسی کی جلد نہ رہتی، کسی کے پنّے ایک دوسرے سے الگ رہتے۔ گھر میں کمرے کے جس کونے میں ان کی چارپائی رہتی اس پر کروٹ لیٹ کر کافی دیر تک وہ ان کتابوں کے صفحات سمیٹتے سنبھالتے رہتے، پھر انھیں پڑھنے لگ جاتے۔ اسی وقت بار بار ماں ان سے بازار جانے کی ضد کرنے لگتیں...

ایک بار یہ سلسلہ بدل گیا۔

اس سال سردیاں بہت جلد شروع ہوگئی تھیں۔ اور سالوں پرانی رضائیوں کو ادھیڑ کر اس کی کھولیاں دُھلا لینے اور روئی کو دوبارہ دُھنوا لینے کے لیے کافی موقع مل جاتا تھا، لیکن اس بار نہیں ملا۔ ہمیں پرانی رضائیاں ہی اوڑھنی پڑیں۔ ان کی روئی ڈھیلی پڑ کر اِدھر اُدھر کھسک گئی تھی لیکن اب انھیں ٹھیک کرانے کا موقع نہیں تھا۔

میرا کوٹ چھوٹا ہوگیا تھا۔ میرے سویٹر کی بھی اون اُدھڑ رہی تھی۔ ایک پرانی قمیص پہن کر میں سویٹر پہن لیتا، پھر اوپر سے ایک قمیص اور۔

اس دن سردی ذرا زیادہ تھی۔ پتاجی کے سامنے میں نے چائے رکھی تو میرے دانت کٹ کٹا رہے تھے۔ انھوں نے پوچھا، 'تم اپنا کوٹ کیوں نہیں پہنتے؟'

'میرے تو چھوٹا ہوگیا، ملّو کو آگیا ہے۔ مجھے نیا کوٹ لے دیجیے۔'

'چھوٹا ہوگیا؟ ذرا بھی پہننے لائق نہیں ہے؟'

میں نے ملّو سے کوٹ لے کر پہن کر دکھا دیا۔ بانہہ کلائیوں سے چار انگل اوپر تک چڑھ آئیں اور بٹن بہت مشکل سے بند ہوئے۔

'تو بڑا ہو رہا ہے'، میری پیٹھ تھپ تھپاتے ہوئے پل بھر کو وہ میری طرف دیکھتے رہے۔ ان کے ہونٹوں کے کناروں میں دبی ہوئی ہنسی پھوٹ پڑی۔ میں نے انھیں ہنستے کبھی نہیں دیکھا تھا۔ ان کی آنکھیں تک جیسے ہنس رہی تھیں لیکن صرف پل بھر کو۔ اگلے ہی لمحے اداس ہو گئے۔ آنکھوں میں ہمیشہ بنی رہنے والی کسی درد کی اداسی جیسے پھر چھا گئی۔

اس دن انھوں نے اخبار پڑھا نہ ہی اپنی کتابیں سنبھالیں۔ کتاب اور اخبار چارپائی کے سرہانے دیوار میں بنی الماری میں رکھ دیئے اور ہتھیلیوں پر گردن ٹکائے بہت دیر تک چھت کی طرف دیکھتے رہے۔ ماں نے سبزی لانے کے لیے کہا تو انھوں نے ذرا بھی اعتراض نہیں کیا، چپ چاپ جھولا اٹھایا اور بازار چلے گئے۔ اس کے بعد وہ کئی دنوں تک نہ اخبار لائے اور نہ کباڑی کے یہاں سے کوئی کتاب۔

ہمیں کئی ہفتوں بعد پتہ چلا۔ اس دن دوپہر کو ہم اسکول سے لوٹے تو پتاجی کھڑکی کے پاس ایک اسٹول کھینچ کر بیٹھے کچھ پڑھنے کی کوشش کر رہے تھے۔ انھوں نے ایک بار ہماری طرف دیکھا اور پھر اپنی نظریں کتاب میں گڑا لیں۔ جیسے اب نظریں وہیں جم جائیں گی۔ ہمارے لیے دن کی روٹیاں رکھی رہتی تھیں۔ اس دن نہیں ملیں۔ شام کو ماں نے اور دنوں کی طرح سودا لانے کے لیے پتاجی سے بازار جانے کو بھی نہیں کہا اور رات کو نمک اور پانی کے ساتھ ہمارے آگے دو دو روٹیاں رکھ کر رونے لگیں۔ روتے روتے ہی انھوں نے بتایا—— پتاجی کی نوکری دو مہینے پہلے ہی چھوٹ گئی تھی۔

ہم نے پھر سارا سلسلہ جوڑ لیا۔

پتاجی روز کام کی تلاش میں نکلتے تھے۔ ہمارے اسکول جانے سے پہلے ہی وہ نکل جاتے اور کافی شام ڈھلے لوٹتے تھے۔ بہت تھکے ہوئے وہ گھر میں داخل ہوتے اور نڈھال ہو، ہتھیلیوں میں سر تھامے اپنی چارپائی پر دیر تک بیٹھے رہتے۔ کمرے میں دوسری طرف ہم بیٹھ کر پڑھا کرتے۔ ہم یہ دکھانے کی کوشش کرتے

کہ ہمیں کچھ پتہ نہیں۔ ماں پتا جی کے سامنے اسٹول کھینچ کر اس پر کچھ کھانے کی چیزیں رکھ دیتیں۔ ہم دیکھتے کہ کھانے کی چیزیں روز کم سے کم ہوتی جا رہی تھیں۔ ہمیں ڈر لگتا تھا کہ ایسا نہ ہو کہ ایک دن ان کے سامنے جو تھالی رکھی جائے اس میں کچھ ہو ہی نہ۔ پتا جی ایک روٹی کھا لیتے پھر کہتے —— بھوک نہیں ہے۔ پھر ہم بھی یہی کرنے لگے تھے۔ تھوڑا سا کچھ کھا کر ہم خوب ڈھیر سا پانی پی لیتے اور پھر کہہ دیتے —— بھوک نہیں ہے۔

پہلے یہ بہانہ تھا، بعد میں عادت بن گئی۔ ہمیں سچ مچ بھوک کم لگتی تھی۔

ماں بہت ڈری ڈری سی رہنے لگی تھیں۔ ان کا ڈرا ڈرا سا مزاج بہت عجیب لگتا۔ اب وہ کسی بات پر زور نہ دیتیں۔ پتا جی کو پڑھنے کے لیے بھی نہ کوستیں۔ لیکن پتا جی نے اب پڑھنا بند کر دیا تھا۔ وہ لیٹ کر کچھ پڑھنے کی کوشش ضرور کرتے۔ لیکن بہت جلدی اسے بند کر کے رکھ دیتے پھر لالٹین بجھا کر سو جاتے۔ ان کی بدلی ہوئی عادتوں کو دیکھ کر ماں جیسے اور بھی سہم جاتیں۔

ایک دن پتا جی کے ساتھ ایک آدمی آیا۔ ہم اسے جانتے تھے۔ چوراہے پر اس کی ردّی سامانوں کی دُکان تھی۔

ماں گھر بھر میں گھوم گھوم کر سامان لاتیں اور کمرے کے بیچ میں رکھتی جاتیں۔ سب سے آخر میں وہ اپنی سلائی مشین لے آئیں۔ ہمیں لگا کہ اسے رکھتے رکھتے شاید وہ خود گر پڑیں گی۔ اس آدمی نے ان کے ہاتھ سے مشین سنبھال لی۔ لیکن ہمارا خوف بے وجہ تھا۔ احتیاط سے مشین رکھ کر آنچل سے اپنے ہاتھ پونچھتی ہوئی بہت باریکی سے وہ ہر چیز کا بھاؤ تاؤ کرنے لگیں۔

اس دن بہت دن کے بعد ماں نے ان سے بازار جانے کی ضد کی۔ ہم میں سے کسی نے اس دن بھوک نہ لگنے کی شکایت نہ کی۔

لیکن زیادہ دن تک یہ نہیں چل سکا۔

ماں نے پتا جی سے کہا، 'کیوں نہ میں ہی کوئی کام تلاش کروں؟'

'تم' پتا جی نے کہا، 'تم کون سا کام کرو گی؟'

'مجھے کیا پتہ، اسی لیے تو تم سے پوچھ رہی ہوں۔'

'میں تو کہتا ہوں، تم اس کا خیال ہی چھوڑ دو ... دو چار دن کی مشکل ہے کٹ جائے گی ...'

دو چار دن بہت جلدی بیت گئے۔ مشکلیں برقرار رہیں۔ ماں نے پھر پتاجی سے اپنے سلسلے میں کوئی بات نہیں کی۔ ہاں، ایک دن وہ محلے کی دو تین عورتوں کے ساتھ کہیں گئی تھیں۔ آئیں تو اپنے ساتھ بہت سا کپڑا لے آئیں۔ پھر فوراً ہی انھیں کاٹنے بیٹھ گئیں۔ شام تک انھوں نے کئی بلاؤز اور پیٹی کوٹ کاٹ ڈالے اور اُن پر ہاتھ کی کچی سلائی بھی کر دی۔

پتاجی روز کی طرح شام کو آئے تو انھوں نے بھی دیکھا یہ سب۔ تعجب میں پڑ کر انھوں نے جیسے کچھ کہنا چاہا، پھر چپ رہے۔

ماں ہر تیسرے چوتھے دن جاتیں۔ وہ کپڑے لاتیں، کاٹتیں، ان پر کچی سلائی کرتیں، پھر ان کے ساتھ ہی بازار جانے والی ایک عورت ان پر بخیہ کر بیٹھی اور وہ انھیں دکاندار کے یہاں پہنچا آتیں۔ لیکن وہ ہر روز کپڑے نہ لا پاتیں۔ کبھی کام نہ ملتا تو کبھی خالی ہاتھ ہی واپس آنا پڑتا۔

پتاجی کا پڑھنا پھر بند ہو گیا تھا۔ ایک دن وہ لوٹے تو ان کے ساتھ ایک اجنبی آدمی تھا۔

اُسے بٹھا کر پتاجی اپنی کتابوں کی الماری کے پاس گئے اور ایک ایک کر الماری سے کتابیں نکال کر زمین پر پھیلانے لگے۔ وہ آدمی ردّی کتابیں بیچنے والا تھا۔ وہ ہر ایک کتاب غور سے دیکھتا اور کتاب کی حالت کے مطابق انھیں الگ الگ ڈھیروں میں رکھتا جاتا۔

ساری کتابوں کی ڈھیریاں لگ گئیں تو وہ کچھ دیر تک دام کا حساب لگاتا رہا۔ بالآخر حساب لگا چکا تو کہا، 'ساری بیس روپے کی ہوں گی بابوجی۔'

ماں اب تک سہمی ہوئی سی یہ سب دیکھ رہی تھیں۔ بیس روپے کا نام سنا تو پتاجی کے جواب دینے سے پہلے خود ہی آگے بڑھ آئیں اور کہا—

'تم رہنے دو۔ کتابیں ہمیں نہیں بیچنی ہیں۔'

'کتاب والا الجھن میں پڑ کر پتاجی کو دیکھنے لگا۔ پتاجی نے کہا، 'نہیں بھائی،'

ان کی باتوں کا خیال نہ کرو... ہاں دام تم کم ضرور دے رہے ہو...،

'نہیں، نہیں،' ماں بولیں، 'سو روپے بھی دیں تو بھی کتابیں نہیں بیچنی ہیں۔'

'آخر کیا کرنا ہے اِن کا۔ انھیں پڑھ چکا ہوں، انھیں بیچ کر دوسری کتابیں لے آؤں گا۔'

آخر پچیس روپے میں سودا ہوگیا اور کتاب والا کتابوں کی ڈھیریاں باندھ کر چلا گیا تو پتاجی نے وہ روپے ماں کی طرف بڑھاتے ہوئے کہا، 'تم ناحق پریشان ہوتی ہو۔ ابھی ہمارا وقت خراب ہے۔'

'تم تو کہہ رہے تھے کہ دوسری کتابیں خریدنے کے لیے انھیں بیچ رہا ہوں... تمھیں ہماری قسم کتابیں ہی خریدنا اِن پیسوں سے...' اس دن ماں اپنے آپ کو پھر روک نہیں پائیں اور بہت دیر تک روتی رہیں۔

اگلے ہفتے پتاجی کو کام مل گیا۔ جب وہ گھر لوٹے تو روز کی طرح تھکے اور نڈھال نہیں تھے۔ ناامید ہوکر چارپائی پر دیر تک بیٹھے بھی نہیں۔ آتے ہی ہاتھ منہ دھوئے اور خود ہی کھانے کی مانگ کی اور کھانا کھانے کے درمیان ہی کام مل جانے کی خوشخبری دی۔

'جبھی تو میں کہوں۔ آج ضرور کوئی بات ہے۔' ماں کا بھی چہرہ کھِل اٹھا۔

انھوں نے بتایا، 'تنخواہ پہلی نوکری سے دس روپے کم ہے، پھر بھی میں نے مان لیا۔ کام نہ ہونے سے تو اچھا ہے۔'

ملّو نے مجھ سے لڑنا جھگڑنا چھوڑ رکھا تھا۔ اس دن بہت دنوں بعد اس نے مجھے چٹکی کاٹی۔ میں نے اس کی پیٹھ پر دھول جمائی۔ اس نے بھاگ کر ماں سے شکایت کی۔ ماں نے ہمیں جھڑکا، لیکن چہرے اور آنکھوں میں ہنسی چھلک رہی تھی۔ جیسے ہم پتاجی اور ماں کو برسوں میں دیکھ رہے تھے۔ ملّو کو اٹھاکر دُلارا اور مجھے پچکار کر اپنے پاس بٹھایا۔

پہلی تنخواہ پر ہمارے لیے کپڑے اور ربر کے جوتے خریدے گئے۔ پتاجی پھر شام کو پرانی کتابیں لاتے اور ماں سبزی لانے کے لیے انھیں اٹھانے سے معذور ہوکر اپنے کرم کو کوسنے لگیں۔

ایک دن پھر وہ کوئی کتاب یا اخبار نہیں لائے۔

ہم نے پھر سارا سلسلہ جوڑ لیا۔

اس دن میں نے ملّو کی گیند اپنے تھیلے میں رکھ لی تھی اور اس کے لیے وہ مجھ سے سارا دن لڑتا رہا۔ لیکن اب وہ اپنی گیند بھول گیا۔

پتا جی چارپائی پر سر تھام کر بیٹھ گئے۔ ماں نے کسی طرح چائے بنائی اور پتا جی کے آگے تپائی رکھ دی۔ انھوں نے کافی دیر تک اس کی طرف دیکھا بھی نہیں۔ ماں جیسے اندر کانپ اٹھی تھیں۔ بڑی مشکل سے خود کو سنبھال کر انھوں نے کہا، 'چائے پی لو، ٹھنڈی ہو رہی ہے ——'

'ہاں، پی لیتا ہوں۔'

'آج کیا ہو گیا جو اس طرح بیٹھے ہو،' انھوں نے جیسے جانتے ہوئے بھی پوچھا 'کیا کام سے جواب مل گیا؟'

'نہیں، جواب تو نہیں ملا ہے۔' پتا جی نے کہا۔

'پھر اس طرح کیوں بیٹھے ہو؟ طبیعت خراب ہے؟'

'نہیں!'

'پھر؟'

'سوچتا ہوں، یہ کام کر سکوں گا یا نہیں۔'

'کیوں؟'

پتا جی پھر کچھ دیر تک نہیں بولے۔

'بولتے کیوں نہیں جی۔ جب جواب نہیں مل گیا تو ایسا کیوں سوچ رہے ہو—؟'

ماں اب پھر مطمئن ہو گئی تھیں۔

'وہ کام چھوٹنے سے بھی خوفناک بات ہے۔' پتا جی نے کہا۔

انگیٹھی پر پنکھا جھلتے جھلتے ماں کا ہاتھ اچانک رُک گیا۔ پتا جی جیسے اپنے آپ سے کہتے رہے، 'ہاں، کام چھوٹنے سے بھی خوفناک، سمجھ...'

'کیا پہلے تمھیں معلوم تھا؟' ماں نے پوچھا۔

'معلوم تھا، لیکن ہڑتال کی وجہ سے جن کی چھٹی کر ہمیں رکھا گیا تھا، وہ آج

جلوس بنا کر آئے تھے ـــــ پچیس تیس لوگ ـــــ ساتھ میں ان کی عورتیں اور بچے بھی تھے۔ پھر پولس آئی اور لاریوں میں بھر کر انھیں لے گئی۔'

'کیا اور لوگوں نے بھی یہی فیصلہ کیا ہے؟'

اوروں کی بات نہیں جانتا،' پتا جی نے کہا، 'لیکن کیا اب وہاں جانا ٹھیک ہوگا؟'

ماں کچھ نہیں بولیں۔

پتا جی بھی کچھ دیر چپ رہے۔ پھر انھوں نے ہی کہا، 'تم نے بتایا نہیں، کیا وہاں جانا اب ٹھیک ہوگا؟'

'مجھ سے کیوں کہلوانا چاہتے ہو، نہیں جاؤ گے تو کیا میں ضد کروں گی۔' ماں نے کہا۔ انگیٹھی بالکل ٹھنڈی پڑ چکی تھی۔ ان کے ہاتھوں میں جیسے اب پنکھا جھلنے کی طاقت نہیں رہ گئی تھی اور ہمیں لگا اب اس میں کبھی پھر آنچ نہیں اُٹھ سکے گی...

پتا جی نڈھال ہو کر چارپائی پر لیٹ گئے۔ ان کی نگاہ ہمارے اوپر پڑی۔

'تم لوگ یہاں کیوں کھڑے ہو؟ جاؤ، باہر جا کر کھیلو...'

ہم نے جیسے سنا نہیں۔

پتا جی اچانک چیخ پڑے ـــــ 'جاؤ... کھیلتے کیوں نہیں۔ کم سے کم اس وقت میرے سامنے سے چلے جاؤ...'

ہم سہم کر ایک کونے میں دُبکے رہے۔ لیکن وہ اس طرح چیخ کیوں رہے تھے۔ ہم اس کا کوئی سلسلہ نہیں جوڑ سکے...

منتخب ہندی کہانیوں کا ایک اور مجموعہ

میرا دشمن

مرتبہ : بھیشم ساہنی

بین الاقوامی ایڈیشن جلد منظر عام پر آرہا ہے